Отец

契诃夫小说选集

А. ЧЕХОВ

父 亲 集

〔俄〕契诃夫 著

汝龙 译

人民文学出版社
PEOPLE'S LITERATURE PUBLISHING HOUSE

图书在版编目（CIP）数据

契诃夫小说选集. 父亲集/（俄罗斯）契诃夫著；汝龙译. —北京：人民文学出版社，2021
ISBN 978-7-02-012930-0

Ⅰ.①契… Ⅱ.①契…②汝… Ⅲ.①短篇小说—小说集—俄罗斯—近代 Ⅳ.①I512.44

中国版本图书馆 CIP 数据核字（2017）第 134309 号

策划编辑	张福生
责任编辑	李丹丹
装帧设计	刘　静
责任印制	王重艺

出版发行	人民文学出版社
社　　址	北京市朝内大街 166 号
邮政编码	100705
网　　址	http://www.rw-cn.com
印　　刷	三河市博文印刷有限公司
经　　销	全国新华书店等
字　　数	91 千字
开　　本	787 毫米×1092 毫米　1/32
印　　张	7.5
印　　数	1—3000
版　　次	2021 年 4 月北京第 1 版
印　　次	2021 年 4 月第 1 次印刷
书　　号	978-7-02-012930-0
定　　价	30.00 元

如有印装质量问题，请与本社图书销售中心调换。电话:010-65233595

目　　次

父亲 ……………………………… 1

伊凡·玛特威伊奇 ……………… 19

阴雨天 …………………………… 31

小事 ……………………………… 42

侦讯官 …………………………… 63

摘自脾气暴躁的人的札记……… 74

在黑暗里 ………………………… 95

剧本 ……………………………… 106

在旅馆房间里 …………………… 118

唉，公众啊！ …………………… 125

演说家 …………………………… 134

契诃夫小说选集

在墓园里 ················· 142

圣彼得节 ················· 148

记者 ··················· 179

爸爸 ··················· 218

父 亲

"老实说,我是喝了点酒。……对不起,我在路上顺便走进一家啤酒店,因为天热就喝了两瓶。天真是热啊,孩子!"

穆萨托夫老人从衣袋里拿出一块不知什么破布,擦了擦他那张刮光胡子的、憔悴的脸。

"我到你这儿来,包连卡①,我的天使,坐一会儿就走,"他眼睛没有瞧着他儿子,接着说,"我有一件非常

---

① 包利斯的爱称。

要紧的事来找你。对不起,也许我打搅你了。我亲爱的,你能借给我十卢布,容我到星期二还给你吗?你要知道,昨天就该付房钱了,可是钱呢,你知道……却没有!急死人了!"

小穆萨托夫一句话也没说,走出去,在门外跟他的别墅女主人和同他一起租下这个别墅的同事们小声讲话。过了三分钟,他走回来,一句话也没说,把一张十卢布钞票交给他的父亲。老人连看也没看,就把它随随便便往衣袋里一塞,说:

"谢谢。哦,你过得怎么样?很久没有跟你见面了。"

"是的,很久了。从复活节以来就没有见过面。"

"我大约有五次打算来看你,不过老是抽不出工夫来。一会儿有这件事,一会儿又有那件事……简直要命!不过呢,我是在胡说。……我这些都是假话。你不要相信我,包连卡。我刚才说,到星期二就还给你这十卢布,你也别相信。我的话你一句也不要相信。

父 亲 集

我什么正事也没有,无非是偷懒,灌酒,不好意思穿着这样的衣服上街。你要原谅我,包连卡。我有三次打发一个妞儿来找你借钱,还写过凄惨的信。我为那些钱谢谢你,不过你别相信那些信,那都是胡诌出来的。我不好意思抢夺你的钱,我的天使。我知道你自己手头也紧,吃蝗虫过日子①,不过我对自己这种厚脸皮也毫无办法。像我这样的厚脸皮,简直可以拿出去展览赚钱了!……你要原谅我才好,包连卡。我对你说了实话,因为我看到你那张天使般的脸就不能再冷着心肠了。"

在沉默中过了一分钟。老人深深叹一口气,说:

"你也许可以请我喝杯啤酒吧。"

他儿子一句话也没说就走出去了,门外又传来低语声。过了一会儿,啤酒拿来了,老人一看见酒瓶就活跃起来,他的口气突然变了。

---

① 意谓"吃得很苦"。

"我的孩子,前几天我去看赛马来着。"他讲起来,眼睛现出惊恐的样子,"我们一共去了三个人,我们为那匹'机灵鬼'合买了一张三卢布的票子①。真得向这匹'机灵鬼'道谢才是。我们各自赢了三十二卢布哩。孩子,叫我不看赛马可不成。那是一种高尚的娱乐。我那个凶婆子知道我去看赛马,就老是打我,可我还是去。任凭你拿我怎么样,反正我喜欢嘛!"

包利斯是个年轻人,头发淡黄,脸色忧郁而呆板,慢慢地从这个墙角走到那个墙角,默默地听着。等到老人中断自己的话,咳嗽几声,清清嗓子,他就走到老人跟前,说:

"前几天,爸爸,我买了一双中筒皮靴,可是我穿着太紧。你拿去穿好不好?我便宜一点转让给你好了。"

"行,"老人说,做了个鬼脸,"不过要按原价,可不

---

① 指赛马时下的赌注。

能打折扣。"

"好吧。这鞋钱算是我借给你的。"

他儿子爬到床底下,从那儿取出一双新的中筒皮靴。父亲脱掉他那双难看的、黄得发黑的、分明是别人穿过的皮鞋,开始试那双新鞋。

"正好合脚!"他说,"行,我穿就是。星期二我领到退休金,就把鞋钱送还你。不过,我是在撒谎,"他接着说,忽然又用原先那种含泪的声调说话了,"刚才说的赛马下赌注,还有退休金,我也是撒谎。你是在哄我,包连卡。……要知道,你那种慷慨的用心我已经觉出来了。我完全了解你!这双中筒皮靴显得小,就是因为你的气量大。唉,包利亚①啊,包利亚!我什么都明白,什么都觉得出来!"

"你搬到新地方去了吧?"他儿子为了改变话题,插嘴说。

---

① 包利斯的爱称。

"是的,孩子,我搬家了。我每个月都搬家。我的凶婆子凭她那种脾气,在什么地方都住不久。"

"我到您的旧住处去过,打算邀您到我的别墅来住。照您的健康情形看,还是住在空气新鲜的地方好。"

"不行!"老人摆了摆手说,"我那女人不会放我来的,再说我自己也不愿意。你们已经有一百次打算把我从深渊里拉出来,我自己也有过这种打算,可是毫无结果。算了吧!就让我在深渊里死掉吧。眼下我坐在你这儿,瞧着你这张天使般的脸,可是我心里却惦着家,要回到那个深渊里去。大概这也是命该如此。你总不能把粪虫硬拉到玫瑰花上去啊。不行。可是,孩子,我该走了。天黑下来了。"

"那么您等一等,我送您回去。我今天也正要进城。"

老人和青年人穿上各自的大衣,走出去。过了一会儿,他们雇到一辆出租马车,坐上去。天色已经黑了,各处窗子里闪着灯火。

"我抢夺了你的钱,包连卡!"父亲嘟哝说,"可怜的孩子,可怜的孩子啊!有这样一个父亲,简直是倒足了霉!包连卡,我的天使,我一看到你的脸就没法说谎了。你要原谅我。……我的脸皮老到了什么地步啊,我的上帝!刚才我抢夺你的钱,我这副醉醺醺的嘴脸弄得你难为情,我也抢夺你那些弟兄的钱,也弄得他们丢脸。要是你昨天瞧见我就好了!我也不瞒你,包连卡!昨天有几个邻居和各式各样下流货到我的凶婆子这儿来,我跟她们一块儿喝醉了,把你们,我的孩子们,臭骂了一顿。我一边骂你们,一边诉苦,胡说什么你们丢开我不管。你知道,我这是想引那些喝醉的娘们儿可怜我,我想装成倒运的父亲。这已经成了我的习惯:每逢我要掩盖我的恶习,我就把责任统统推到我那些无辜的孩子们头上。我不能对你说谎,包连卡,也没法瞒着你。我来找你的时候,原是趾高气扬的,可是一看见你的温顺和好心,我的舌头就不听使唤了,我的良心就不安起来。"

"得了,爸爸,我们谈点别的吧。"

"圣母啊,我这些孩子多么好!"老人不听儿子的话,接着说下去,"主赐给我多少宝贝呀!这样的孩子不应该赐给我这没出息的人,而应该赐给一个真正的人,有灵魂、有感情的人!我配不上!"

老人脱掉安着一个小纽扣的小便帽,在胸前画了好几次十字。

"光荣归于你啊,上帝!"他叹道,往四下里看一眼,仿佛在找神像似的,"这些出色的、少有的孩子!我有三个儿子,三个人一模一样,不喝酒,稳重,能干,而且多么聪明!马车夫啊,他们可真聪明!单是格利果利一个人的脑筋就抵得上十个人。他会讲法国话,又会讲德国话,讲起话来哪个律师也比不上,准能叫人听得出神。……我的孩子,我的孩子啊,我都不相信你们是我的儿子了!我都不相信了!包连卡,你苦难深重,成了殉教徒。眼下我叫你破财,往后还会叫你破财。……你没完没了地给我钱,其实你也知道你的钱都等于白扔了。前几天我给你写了一封凄凉的信,讲我生病的情形,其实那是说谎!我跟你要钱是为买朗姆酒喝。你呢,把钱给我了,因为你怕不给就会伤我的心。这些我都知道,都觉得出来。格利沙①也成了殉教徒。星期四那天,孩子,我到他的办公室里去了,当时我喝得醉醺醺,穿得又脏又破……像酒窖那样冒出酒气。我就照那个样子一直跑到他跟前,还讲些下流话跟他啰唆,他的同事、上司、来接洽公务的人就在他周围。我弄得他丢尽了脸。他呢,光是脸色微微发白,一点也不狼狈,反倒面带笑容,若无其事地走到我跟前,甚至把我介绍给他的同事们。后来他一直把我送到家,一句话也没责备我!我抢夺他的钱比抢夺你的还要多哩。现在再拿你弟弟萨沙来说,他也成了殉教徒!你知道,他娶了门第高贵的上校家的女儿,拿到一

---

① 格利果利的爱称。

笔陪嫁钱。……看来,他好像不会再理我了。不,孩子,他一成亲,行完婚礼,带着年轻的妻子头一个拜访的就是我的家……居然到那个鬼地方去了。……真是这样啊!"

老人哭出声来,可是立刻又笑了。

"那当儿,好像故意捣乱似的,我们正在吃碎萝卜、炸鱼,喝克瓦斯,屋子里臭烘烘的,连鬼闻了都恶心!我喝醉了躺在那儿,我那凶婆子呢,脸已经喝红了,却跑到那对新婚夫妇跟前……一句话,不像样子呀。萨沙却一直克制自己。"

"是的,我们的萨沙是好人。"包利斯说。

"太宽宏大量了!你们都是金子:你、格利沙、萨沙、索尼雅[①]。我折磨你们,害你们受苦,叫你们丢脸,抢劫你们,可是我从未听你们说过一句责备的话,没看见你们斜起眼睛瞧过我。要是你们的父亲是个正派人

---

① 索菲雅的小名。

倒也罢了,可是……呸!你们从我这儿除了受害以外什么也没得着过。我是个放荡的坏人。……现在,谢天谢地,我和气多了,没有意志力了,可是从前,你们小的时候,我却有决断,有意志。不管我做什么,说什么,我都觉得本来就应该这样。有时候,我深夜从俱乐部回来,喝得醉醺醺的,脾气挺凶,对你那去世的母亲破口大骂,怪家里开支太大。我整夜不住嘴地骂她,心想这是应该的。往往到了早晨,你们已经起床,去上学了,我却还在对她发脾气。我把她折磨得好苦啊,这个殉教徒,祝她升天堂吧!有时候,你们下学回来,要是我在睡觉,你们就不敢吃饭,得等我起来才吃。到吃饭时候,总是又出乱子。你恐怕还记得。求上帝保佑,别让任何人有这样的父亲才好。上帝把你们赐给我,是为了考验你们!对了,考验!孩子们,你们就忍着,忍到头吧。孝敬你们的父亲吧,你们会长寿的。上帝也许会看在你们的坚忍精神分上,叫你们长寿。马车夫,停住!"

老人跳下马车,跑进一家啤酒店。过了半个钟头,他回来了,醉醺醺地嗽一下喉咙,挨着儿子坐下。

"现在索尼雅在哪儿?"他问,"还在寄宿中学吗?"

"不,五月里她已经毕业,如今住在萨希娜姑母家里。"

"嘿!"老人惊奇地说,"这个姑娘可真不错,也学哥哥们的样。唉,她母亲不在了,包连卡,再没有人要她安慰、解忧了。听我说,包连卡,她……她知道我在怎样生活吗?啊?"

包利斯什么话也没回答。在深沉的寂静中过了五分钟。老人呜咽起来,用那块破布擦擦眼睛,说:

"我爱她,包连卡!要知道,我只有她这么一个女儿,人到了老年,再也没有比女儿更能给人安慰的了。我想跟她见见面。可以吗,包连卡?"

"当然可以,随您什么时候都行。"

"真的?她不会觉得为难?"

"您别这样说,她自己都在打听您,想跟您见面呢。"

"真的吗?什么样的孩子啊!马车夫,听见没有?那你就安排一下,让我们见见面吧,包连卡,好孩子!她如今成了小姐,文雅,完美,①处处都上流,我可不愿意叫她看见我这副卑贱相。我们,包连卡,这样来安排会面的事。我要三天不喝酒,让我这张难看的醉脸变得体面点,然后我就去找你,你呢,把你的衣服暂时借给我穿一下,我刮一刮脸,剪一剪发,随后你就坐车去把她接到你家来。行吗?"

"好。"

"马车夫,停住!"

老人又跳下马车,跑进一家啤酒店去了。在包利斯坐车送他回家的这一路上,他又两次跳下马车,他的儿子每次都一句话也没说,耐心地等着他。临到他们下马车,穿过一个又长又脏的院子,往"凶婆子"的住

---

① 原文为法语。

宅走去,老人就现出极其困窘和负疚的神情,开始胆怯地嗽喉咙,吧嗒嘴唇。

"包连卡,"他用讨好的口气说,"如果我的凶婆子对你说出什么不得体的话,那你不要介意,而且……而且,你知道,你好歹对她客气点。她无知无识,举动莽撞,不过她毕竟是个好女人。她胸膛里跳着一颗善良热烈的心!"

长院子到了尽头,包利斯就走进一个阴暗的穿堂。装着滑轮的房门嘎吱嘎吱响起来,门里冒出厨房的气味和茶炊的烟子,传来刺耳的说话声。包利斯从穿堂走进厨房,只看见乌黑的烟子、晾着内衣的绳子、茶炊的烟囱,烟囱的裂缝里迸出金黄的火星。

"喏,这就是我的小窝。"老人说,弯下腰,走进一个天花板很低的小房间,那儿的空气充满隔壁厨房里的气味,叫人闷得受不住。

房间里一张桌子旁边坐着三个女人,在吃东西。她们看见有客人来,就互相看一眼,停住了嘴。

"怎么样,拿到了吗?"有个女人厉声问道,她分明就是那个"凶婆子"。

"拿到了,拿到了,"老人嘟哝说,"好,包利斯,别客气,坐吧!孩子,年轻人,我们这儿很简陋。……我们生活得很简单。"

他无缘无故地忙乱起来。他在儿子面前觉得不好意思,同时他显然想照往常那样在那些女人面前保持"趾高气扬"的神情和不幸的、被遗弃的父亲的样子。

"是啊,孩子,年轻人,我们生活得很简单,没有一点浮华气。"他叽叽咕咕地说,"我们是些简单的人,年轻人。……我们跟你们不一样,我们不喜欢弄虚作假。对了。……要喝点酒吗?"

有一个女人(她不好意思在生人面前喝酒)叹一口气,说:

"既是有蘑菇,我就再喝一点。……这些蘑菇太好,弄得人不想喝也得喝。伊凡·盖拉西梅奇,请那位客人喝一点,说不定他也要喝呢!"

最后那句话她是娇声娇气说出口的。

"喝吧,年轻人!"老人说,眼睛没瞧儿子,"我们这儿,孩子,可没有葡萄酒和蜜酒,我们样样东西都简单。"

"他不喜欢我们!""凶婆子"叹道。

"没问题,没问题,他会喝的!"

包利斯不愿意推托,免得扫父亲的兴,就拿起酒杯,默默地喝酒。等到茶炊端上来,他为了讨老人的欢心,就带着忧郁的脸色,一句话也没说,喝下两杯难以下咽的茶。他默默地听着"凶婆子"含沙射影,讲起这个世界上有些狠心的、不信神的子女,硬是丢开父母不管。

"我知道此刻你在想什么!"有了酒意的老人说,他已经像平素那样露出醺醉而兴奋的神态了,"你以为我已经走下坡路,不可救药了,我可怜,可是依我看来,我这种简单的生活倒比你的生活正常得多,年轻人。我什么人也不需要,而且……而且也不打算低声下气。……要是一个乳臭未干的小孩子用怜悯的眼光瞧着我,我决不能容忍。"

喝完茶,他把一条青鱼收拾干净,在上面撒些葱花,而且撒得那么起劲,连他的眼睛都涌出激动的泪水了。他又讲到赛马的赌博,讲到赢得的钱,讲到他昨天花十六卢布买来的什么巴拿马草帽。他讲起谎话来津津有味,就跟吃青鱼下酒一样。他儿子一句话也没说,坐了一个钟头,然后起身告辞。

"我可不敢留你!"老人傲慢地说,"对不起,年轻人,我生活得跟你们所希望的不一样!"

他扬扬得意,神气十足地用鼻子哼气,对那些女人挤挤眼睛。

"再见,年轻人!"他说着,把儿子送到穿堂,"等一等!"

可是到了昏暗的穿堂,他忽然把脸贴在儿子的袖子上,哭了。

"我要跟索纽希卡①见面!"他小声说,"替我安排一下吧,包连卡,我的天使!我会刮一刮脸,穿上你的衣服……做出严肃的样子来。……我见了她,不开口说话就是。真的,我绝不开口。"

他胆怯地回过头去看一眼房门,听见那儿传来女人们的说话声。他就忍住哭泣,大声说道:

"再见,年轻人! 等一等!"

---

① 索菲雅的爱称。

伊凡·玛特威伊奇

傍晚五点多钟。有个相当著名的俄国学者(我们以后就简单地称他为学者)在书房里坐着,烦躁地咬手指甲。

"这简直是岂有此理!"他说,不时看一下他的怀表,"这是毫不尊重别人的时间和工作。这样的人在英国一个钱也挣不到,会活活饿死!好吧,等着就是,等你来了……"

学者感到有必要向别人发泄一下他的盛怒和焦躁,就走到他妻子的房间跟前,敲了敲房门。

"听我说,卡嘉,"他用愤懑的声调说,"要是你见到彼得·丹尼雷奇,你就转告他说,正人君子是不这样办事的!这是胡闹!他推荐了一个缮写员,可又不知道他推荐的是个什么人!那个调皮的孩子每天总要迟到两三个钟头。哼,难道这也算是缮写员?对我来说,两三个钟头比别人的两三年还要宝贵呢!等他来了,我要像对付狗似的把他痛骂一顿,一个钱也不给他,把他轰出去!跟这样的人不能讲客气!"

"你天天都说这种话,可是他仍然不断地来。"

"不过今天我下定决心了。我为他受到的损失已经够多的了。请你原谅,我一定要骂他一通,学马车夫的样子骂他一通!"

不过最后,门铃声响了。学者就摆出严肃的面孔,挺直腰板,把头往后一仰,走到门厅去。在那儿,他的缮写员伊凡·玛特威伊奇已经在衣帽架旁边站住,那是个青年人,年纪十八岁左右,脸像鹅蛋那么椭圆,唇髭还没生出来,身上穿一件褪色的旧大衣,脚上没穿套靴。他呼呼地喘气,仔细在垫子上擦净他那双笨重的大皮靴,同时极力不让女仆看见皮靴上的窟窿,因为窟窿里已经露出白袜子了。他见到学者,就露出笑容,久久不散,畅快得很,带点傻气,那样的笑容是只有小孩和颇为憨厚的人的脸上才会有的。

"啊,您好,"他说,伸出一只汗湿的大手,"怎么样,您嗓子痛已经好了吧?"

"伊凡·玛特威伊奇!"学者用颤抖的声调说,退后一步,把两只手的手指交叉在一起,"伊凡·玛特威伊奇!"

随后他跳到缮写员跟前,抓住他的肩膀,动手轻轻地摇几下。

"您这是在怎样对待我呀?!"他气急败坏地说,"您这个可怕而又可恶的人,您在怎样对待我呀!您要嘲笑我,耍弄我?是吗?"

从伊凡·玛特威伊奇的脸上仍旧荡漾着的笑容来判断,他本来是期待着另一种截然不同的接待的,因此他看见学者怒容满面,他自己那张椭圆脸就越发拉长,他的嘴巴惊愕地张开了。

"怎么……怎么回事?"他问。

"您还要问!"学者说,把两只手一拍,"您知道光阴在我是多么宝贵,可是您偏偏来得这么迟!您晚来了两个钟头!……您真是不敬畏上帝!"

"要知道我现在不是从家里来,"伊凡·玛特威伊奇支吾道,迟疑地解开围巾。"我到姑姑家去参加命名日宴会来着,我姑姑住得离这儿大约有六俄里远呢。……要是我直接从家里来,那就是另一回事了。"

"哎,您想想看,伊凡·玛特威伊奇,您这种行为合乎情理吗?这儿有工作要做,而且是急着要赶出来的工作,可是您反而到处去参加命名日宴会,到您什么姑姑家里去逛荡!唉,您倒是快点解掉您的围巾啊!这真叫人受不了!"

学者又跳到缮写员跟前,帮他解开围巾。

"您简直像个娘们儿。……喏,走吧!快点,劳驾!"

伊凡·玛特威伊奇拿出一块揉皱的脏手绢擤了擤鼻子,理一下瘦小的灰色上衣,穿过大厅和客厅,走进书房。那里早就为他准备下座位,纸张,以至纸烟了。

"您坐下,您坐下,"学者催促道,着急地搓手,"您这个人真讨厌。……您明知这个工作要赶出来,可是又来得这么晚。这逼得人不能不骂街。好,您写吧。……我们上一回写到哪儿了?"

伊凡·玛特威伊奇抚一下粗硬的、剪得不齐的头发,拿起钢笔来。学者不断地从这个墙角走到那个墙角,集中注意力,开始念道:

"关键在于……逗点……某些所谓基本形式……您写完了吗?……基本形式全然为一些原则的实质所制约……逗点……而那些原则就是在那些形式中表现出来,并且也只能体现为那些形式。……另起一行。……那儿,当然,该加个句点。……最富于独立性的乃是……乃是……其社会性大于政治性的那些形式。……"

"现在中学生穿另一种制服①了……灰色的……"伊凡·玛特威伊奇说,"当初我上学的时候,那要好得多:大家都穿军服。……"

"哎,您快写吧,劳驾!"学者生气地说,"那些形式。……您写完了吗?……讲到国家职能……体制方面的改变,而不是人民生活的调节方面的改变……逗点……那就不能说它们的特点是它们的形式的民族性……最后这九个字要加上引号。……嗯……嗯……那个……刚才您讲起中学校,想说什么来着?"

"我说当初我上学的时候,穿的制服跟现在不同。"

"啊……是的。……那么您离开中学很久了吗?"

"这我昨天就已经跟您说过了!我休学已经三年。……我是念到四年级才退学的。"

---

① 在俄语中"形式"和"制服"是同一个词,因而缮写员联想到"制服"。

"那您为什么不上学了呢?"学者问,同时看一下伊凡·玛特威伊奇写的字。

"家庭环境不容许啊。"

"又要跟您说一遍了,伊凡·玛特威伊奇!您到底什么时候才能改掉把一行字写得太稀的习惯?每一行字不能少于四十个字母!"

"怎么,您认为我是故意这样吗?"伊凡·玛特威伊奇不高兴地说,"可是另外那些行的字母都不止四十个。……您数嘛。要是您觉得我写得太稀,您扣我的工钱好了。"

"哎,问题不在这儿。您这个人太俗气了,真的。……一点点小事,您就提到钱。要紧的是一丝不苟。伊凡·玛特威伊奇,一丝不苟最要紧!您得学会一丝不苟才成。"

一个使女走进书房来,手里端着一个托盘,上面放着两杯茶和一小筐面包干。伊凡·玛特威伊奇笨拙地伸出两只手,接过他那杯茶,立刻喝起来。茶太烫。伊凡·玛特威伊奇怕烫嘴,就极力一小口一小口地喝。他吃完一块面包干,又吃一块,再吃第三块,然后不好意思地斜起眼睛看了看学者,又胆怯地伸出手去拿第四块。他那很响的喝茶声、津津有味的咂嘴声、又饿又馋而扬起眉毛的神情,都惹得学者心里不痛快。

"您快点吃完吧。……时间是宝贵的。"

"您念好了。我可以一面喝茶一面写。……我,老实说,肚子饿了。"

"当然,走了那么多的路!"

"是啊。……而且天气多么不好!在我们家乡,这时候已经有春天的气息了。……到处都是水洼,雪融化了。……"

"真的,您好像是南方人吧?"

"顿河区域的人。……到三月间,我们那儿就完全是春天了。这儿天气严寒,大家都穿着皮大衣,那儿却已经有青草……到处的土地都干燥,甚至可以捉毒蜘蛛了。"

父 亲 集

"为什么要捉毒蜘蛛呢?"

"不为什么……闲着没事做罢了……"伊凡·玛特威伊奇说,叹气,"那种东西捉起来倒蛮好玩的。你拿一根细线,拴上一小块树脂,把树脂送进小树洞里去,用那块树脂敲毒蜘蛛的脊背,它呢,该死的东西,生气了,就伸出爪子抓树脂,于是就沾上,跑不脱了。……我们玩得可起劲呢!我们常常把它们放在一个小盆里,满满的,再把一个比霍尔卡放进去。"

"什么叫比霍尔卡?"

"这也是一种蜘蛛,长得很像毒蜘蛛。打起架来,它一个就能咬死一百个毒蜘蛛呢。"

"嗯,是啊。……不过我们还是来写。……刚才我们写到哪儿了?"

学者又念了大约二十行,然后坐下来,开始沉思。

伊凡·玛特威伊奇等着学者打腹稿,他坐在那儿,伸直脖子,极力把衬衫衣领理好。他的领结总是系得不稳,领扣从扣眼里脱落,领口常常散开。

"嗯,是啊……"学者说,"嗯。……怎么样,找到差事了吗,伊凡·玛特威伊奇?"

"没有。可是叫我到哪儿去找呢?我,您知道,决意做志愿军人。可是我父亲主张我到药房去工作。"

"嗯,是啊。……要是能上大学就更好了。入学考试是困难的,然而只要有毅力,埋头用功,就能够考取。您要用功,多读点书。……您读的书多吗?"

"老实说,很少……"伊凡·玛特威伊奇说,点上一支烟。

"您读过屠格涅夫的书吗?"

"没,没有。……"

"那么果戈理呢?"

"果戈理?嗯!……果戈理。……不,没有读过!"

"伊凡·玛特威伊奇!您不害臊吗?唉唉!您是个挺好的人,很有点才气,可是想不到……连果戈理的作品都没读过!您务必要读一下!我给您书。您一定要读一读!要不然我们可就会吵得不可开交了!"

紧跟着又是沉默。学者在一张躺椅上半躺半坐,思索着。这时候伊凡·玛特威伊奇已经不管衣领,而把全部注意力移到他的皮靴上。他一直没有发现皮靴上的雪已经融化,脚底下有两大摊水。他不由得害臊了。

"今天有点不顺利……"学者嘟哝说,"伊凡·玛特威伊奇,您大概也喜欢捉鸟吧?"

"那是秋天才干的事。……在这儿我没有捉过,可是在那儿,在家乡,我常常捉鸟呢。"

"哦……很好。不过我们还是得写。"

学者坚决地站起来,开始念下去,可是念了十行,又在躺椅上坐下。

"不行了,多半,我们要推迟到明天上午再写,"他说,"您明天上午来吧,不过要早一点,九点钟以前赶到。求上帝保佑,千万不要来迟。"

伊凡·玛特威伊奇放下钢笔,从桌子那儿站起来,在另一把椅子上坐下。在沉默中过了五分钟,他开始感到现在应该走了,他已经成了多余的人,然而学者的书房里那么舒适、明亮、暖和,而且那些奶油面包干和甜茶留下的印象还那么新鲜,弄得他一想到自己的家,心就不由得收紧了。他家里是贫穷、饥饿、寒冷、怨天尤人的父亲、斥责,这儿却那么太平、安静,就连他那些毒蜘蛛和鸟雀都能引起人家的兴趣呢。

学者看了看怀表,伸出手去拿过一本书来。

"那么您给我果戈理的书吗?"伊凡·玛特威伊奇站起来,问道。

"我给您,我给您。可是您何必这么忙呢,好朋友?您再坐一会儿,讲点什么吧。……"

伊凡·玛特威伊奇就坐下来,畅快地微笑。几乎每天傍晚他都在这个书房里坐着,每一次都感到学者的声调和目光里有一种异常柔和、亲切而又吸引人的东西。甚至有些时候他觉得学者似乎依恋他,跟他处熟了,即使骂他来得迟,也只是因为盼望他来谈一谈毒蜘蛛,谈一谈他怎样在顿河地区捕捉金翅雀而已。

阴 雨 天

大雨点抽打昏暗的窗子。这是一场在别墅区常常遇到的、惹人厌烦的雨,这种雨一下开头,照例会拖很久,一连下几个星期,直到别墅的住客挨着冻,习惯了,变得灰心丧气才会罢休。天气很凉,人可以感到那种强烈的、不舒服的潮气。律师克瓦兴的岳母和他的妻子娜杰日达·菲里波芙娜穿着雨衣,围着披巾,坐在饭厅里的饭桌旁边。老太婆的脸上流露出这样一种神情:她,谢天谢地,总算吃得饱,穿得暖,身体健康,已经把她的独生女嫁给一个挺好的人,现在尽可以心安理得地摆一摆牌阵①了。她女儿是个矮小、肥胖的金发女人,二十岁上下,生一张温和而贫血的脸,胳膊肘支在桌子上,正在看书。从她的眼睛可以看出,她与其说是在看书,不如说是在想心事,这可是书本上没有的。两人沉默着。雨声哗哗地响,厨房里传来厨娘那拖长的哈欠声。

克瓦兴本人不在家。每逢下雨的日子,他总是不到别墅来,留在城里。别墅区的潮湿天气对他的支气管炎有不好的影响,妨碍他工作。他抱定一种见解,认为阴天的景象和窗上的雨珠足以使人丧失精力,产生忧郁的心情。城里比较舒适安乐,阴雨天就几乎引不起注意了。

老太婆摆过两次牌阵后,把纸牌洗一下,看一眼她的女儿。

"我用纸牌算个卦,看明天会不会有好天气,我们

---

① 指一种单人玩的纸牌戏。

的阿历克塞·斯捷潘内奇会不会回来。"她说,"他已经有五天没有回来了。……上帝在用天气惩罚人哟。……"

娜杰日达·菲里波芙娜冷淡地瞧瞧母亲,站起来,从这个墙角走到那个墙角。

"昨天晴雨表升上去了,"她沉思地说,"今天呢,据说又下降了。"

老太婆把牌列成三长排,摇一摇头。

"你惦记他?"她看一眼女儿,问道。

"当然!"

"我看出来了嘛。怎么能不惦记!他已经有五天没回来了。五月里,他至多两天或者三天不回来,现在呢,五天了,真不得了!我不是他的妻子,可是也惦记他了。昨天人家告诉我说,晴雨表升上去了,我就吩咐人为他,为阿历克塞·斯捷潘内奇宰了一只小鸡,杀好一条鲫鱼。这都是他喜欢吃的。你那去世的父亲最见不得鱼,可是他爱吃。他总是吃得蛮有滋味的。"

"为了他,我的心都痛了。"她的女儿说,"我们觉得烦闷,可是要知道,妈妈,他更加烦闷哟。"

"可不是!白天老是办案子,到了晚上又孤零零地住在空宅子里像是一只猫头鹰。"

"顶要命的是,妈妈,他单身一个人待在那儿,没有仆人,也没有人给他烧茶炊或者送水。为什么他不在夏天这几个月里雇个听差呢?再者,既然他不喜欢这个别墅,又何必要这个别墅呢?我早就对他说过,用不着要这个别墅,可是不行。他说:'这是为了你的身体啊。'其实我的身体有什么问题呢?他为我受这么多的罪,倒要害得我生一场病了!"

女儿从母亲的肩头上望过去,看见牌阵上有个地方不对,就弯下腰凑近桌子,纠正那个错误。紧跟着来了沉默。她们两人眼睛瞧着牌,心里却在想象她们的阿历克塞·斯捷潘内奇现在孤零零地坐在城里他那阴森的空书房里工作,挨着饿,筋疲力尽,惦记着家人。……

父 亲 集

"你猜怎么着,妈妈?"娜杰日达·菲里波芙娜突然说,眼睛发亮了,"如果明天还是这种天气,我就搭早班火车到城里去看他!至少我要看看他身体怎样,照应他一下,让他喝点茶。"

两人都暗自吃惊:这么一个简单而容易办到的想法,早先怎么就没有想起来呢。坐火车到城里只有半个钟头的路程,然后再坐二十分钟的马车就到家了。她们又谈了一会儿,觉得很满意,就在同一个房间里上床睡觉了。

"唉——唉——唉。……上帝啊,饶恕我们这些罪人吧!"老太婆听到大厅里的钟敲两点,叹口气说,"睡不着啊!"

"你没有睡着,妈妈?"女儿小声问道,"我呢,一直在惦记阿辽沙①。希望他在城里别苦坏了身体才好!上帝才知道他在哪儿吃早饭和午饭,左不过是在餐馆

---

① 阿历克塞的爱称。

里或者饭铺里。"

"我也在想这个,"老太婆叹道,"求圣母拯救他,保佑他。可是这雨,这雨啊!"

到早晨,雨不再抽打窗子了,然而天空仍旧像昨天那么阴霾。树木哀伤地站在那儿,一阵风吹过,就洒下许多水点。泥路上的脚印、小沟、车辙,都盛满了水。娜杰日达·菲里波芙娜决定动身了。

"替我问他好,"老太婆帮她女儿穿衣服,说,"你就说别为办案子太操心。……也该休息一下。他上街的时候,叫他包好脖子:天气太坏,求上帝保佑吧!再者,你把小鸡给他带去,家里做的吃食虽说是凉的,也比饭馆里的强。"

女儿走了,临行说定,坐晚班火车回来,或者明天早晨回来。

可是她老早就回来了,家里还没吃饭,老太婆正坐在卧室里一口箱子上,睡意蒙眬,盘算着晚饭给她女婿做些什么菜。

父 亲 集

她女儿走进房来见她,脸色苍白,神情恍惚,一句话也没说,帽子也不脱就往床上一坐,一头倒在枕头上。

"你这是怎么了?"老太婆惊讶地说,"为什么这样快就回来了?阿历克塞·斯捷潘内奇在哪儿?"

娜杰日达·菲里波芙娜抬起头来,用失神的、恳求的目光瞧着她的母亲。

"他欺骗我们,妈妈!"她说。

"你这说的是什么呀,求基督跟你同在!"老太婆惊慌地说,包发帽从脑袋上滑下来了,"谁会来欺骗我们?怜悯我们吧,主啊!"

"他欺骗我们,妈妈!"她女儿说,下巴发抖。

"你怎么知道的?"老太婆嚷道,脸色苍白了。

"我们家的门锁着。扫院子的人说,一连五天阿辽沙没有回过家。他没住在家里!没住在家里!没住在家里!"

她摇着手,放声大哭,嘴里光是念叨着:

"没住在家里！没住在家里！"

她发了歇斯底里。

"这是怎么回事？"老太婆害怕地嘟哝说，"他前天写来的信上还说他没有离开过家呢！他在哪儿过的夜？圣徒啊！"

娜杰日达·菲里波芙娜浑身无力，就连脱掉帽子都办不到了。她仿佛吃了麻醉剂似的，茫然往四下里瞧着，焦急地抓住她母亲的胳膊。

"你居然相信那个人：他是个扫院子的呀！"老太婆说，在女儿身旁手忙脚乱，哭着，"你也太爱吃醋了！他不会欺骗你。……再者，他怎么敢欺骗？难道我们是什么随随便便的人吗？虽然我们出身商人家庭，可是他没有权利欺骗我们，因为你是他明媒正娶的妻子！我们可以去告状！我给过你两万！你又不是个没带陪嫁钱的妻子！"

老太婆自己也放声大哭，把手一挥。她也浑身无力，在她的箱子上躺下了。她们两人没留意到天空已经露出一块块蓝色斑点,云层已经稀薄,初射出来的阳光小心地照耀,滑过花园里潮湿的青草,快活的麻雀在水塘旁边蹦蹦跳跳,水塘里映着奔驰的白云。

将近傍晚,克瓦兴回来了。他离城以前到家里去过一趟,从扫院人那儿得知,他不在家的时候,他妻子来过。

"我来了!"他走进岳母的房间,快活地说,假装没注意到她们泪痕斑斑的、严厉的脸,"我来了! 五天没有见面了!"

他很快地吻一下妻子和岳母的手,做出一个人刚刚做完沉重的工作,心里高兴的样子,往圈椅上一坐。

"哎呀!"他说,吐出他肺里所有的空气,"说真的,我好苦! 我连坐一坐的工夫也没有! 差不多一连五天……成天到晚过的是野营般的生活! 你们再也想不到,家里我一次也没回去过! 我一直在应付希普诺夫和伊凡奇科夫的债权人会议,不得不到加尔杰叶夫那儿,在他商店的办公处工作。……吃也吃不好,喝也喝不好,睡在随便哪条长凳上,周身挨冻。……一会儿的空闲都没有,连回家去一趟的工夫都没有。所以,娜久霞①,我始终也没有回过家。……"

克瓦兴用手按住身子的两侧,仿佛他累得腰都痛了。他斜起眼睛瞧一下妻子和岳母,想看明白他的谎话,或者用他的话来说,他的外交手腕,起了什么作用。他的岳母和妻子带着愉快的惊奇神情互相看一眼,仿佛出乎意外,找到了一件已经失掉的珍宝似的。……她们脸上放光,眼睛发亮。……

"我的亲人啊,"他的岳母跳起来,说,"我为什么在这儿呆坐着?茶!赶快弄茶来!也许你饿了吧?"

"当然饿了!"他妻子说,摘掉头上那块浸过醋的头巾,"妈妈,赶快拿葡萄酒和凉茶来!娜达丽雅,摆饭桌啊!哎呀,我的上帝,什么也没有准备!"

两个人又惊又喜,忙忙乱乱,在各处房间里跑进跑

---

① 娜杰日达的爱称。

出。老太婆望着她那错怪了好人的女儿,就忍不住笑出声来,女儿呢,觉得怪难为情的。……

饭桌很快就摆好了。克瓦兴本来满嘴冒着马德拉酒①和烈性蜜酒的气味,饱得透不过气来,这时候却口口声声说他饿了,勉强嚼着吃食,不住地讲希普诺夫和伊凡奇科夫的债权人会议,同时他的妻子和岳母目不转睛地瞧着他的脸,心里暗想:

"他多么聪明,多么亲切!他长得多么漂亮啊!"

"好得很!"克瓦兴吃完晚饭,在又大又软的鸭绒褥垫上躺下,暗自想道,"她们虽然出身于商人家庭,虽然土头土脑,不过倒也有她们独特的妙处,一个星期里在这儿消磨一两天倒蛮有味道呢。……"

他盖上被子,身体渐渐暖和过来,一面昏昏睡去,一面说:

"太好了!"

---

① 一种烈性葡萄酒,因葡萄牙属地马德拉群岛而得名。

小　　事

　　那是八月间的一个中午,阳光灿烂,我跟一个家道中落的俄国穷公爵坐着马车,到通常称为沙别尔斯基的大树林去,打算在那儿寻找松鸡。我的穷公爵由于在这篇小说里所占的地位,理应得到详细的描写。他是个身材修长而匀称的黑发男子,年纪还不算老,然而已经饱经沧桑,蓄着警察局长那种长唇髭,生着黑色的爆眼睛,具有退役军人的气派。他智力不高,言谈举止像是东方人,可是为人诚实而耿直,不是一生气就动武的人,也不是花花公子,更不是沉湎于酒色的人,然而

父 亲 集

这些优点在社会人士心目中却成了毫无光彩和微不足道的证明。社会上的人都不喜欢他（本县的人无不称他为"呆爵爷"），可是我个人倒极其同情他，因为他这一辈子不断遭到各种不幸和挫折。首先，他穷。他并不打牌，也不纵酒，更不办事业，从来也不瞎管别人的事，总是沉默寡言，可是他父亲留下的三四万家财，他却不知怎么统统花光了。只有上帝才知道那些钱都到哪儿去了，我只知道有许多钱是因为缺乏管理而被总管、管家以至听差盗去，有许多钱却是借出去，赠送外人，为人作保而赔掉了。在本县，很少有哪个地主不欠他钱。他素来有求必应，这与其说是出于发善心或者对人信任，倒不如说是故意摆出上流人的风度，他仿佛在说：你拿去吧，领教一下我的体面①吧！我跟他相识，是在他已经负债累累，领略过第二次抵押②的味道，陷入泥淖不能自拔的时候。有些日子他吃不到饭，

---

① 原文为法语，在此指"贵族气派"。
② 指不动产，特别是田产，在银行作过抵押后再作抵押。

烟盒是空的,可是人们永远看见他装束整齐,穿着时新的衣服,身上永远冒出浓重的加拿楷树①的香味。

公爵的第二种不幸是孤身一人。他没结婚,也没有至亲好友。他那不爱说笑、落落寡合的性格,以及他越要遮掩贫穷就越引人注目的体面,都妨碍他同别人接近。至于谈情说爱,他又太沉闷,疲沓,冷漠,因而很难跟女人合得来。……

我和这个穷公爵到达树林旁边,下了马车,顺着狭长的林中小径走去,这条小径隐藏在蕨丛的大叶子的阴影里。可是我们还没走出一百步远,就有一个瘦长的人从一棵新生的、只有一俄尺②高的小云杉后边闪出来,仿佛从地底下钻出来一样。他生着长长的椭圆脸,身穿破旧的短上衣,头戴草帽,脚上穿着漆皮长靴。这个陌生人一只手提着装菌子的筐子,一只手戏弄着他坎肩上一条价钱便宜的表链。他见到我们,局促不

---

① 一种热带植物,可用以提取香水和香油。——俄文本编者注
② 1俄尺等于0.71米。

安,理了理坎肩,殷勤地嗽一下喉咙,愉快地微微一笑,仿佛见到我们这样的上流人很高兴似的。后来,他完全出乎我们意外,迈开长腿,沙沙响地踩着草地,弯下整个身子,愉快地微笑着,走到我们跟前,举了举帽子,用狗叫般的谄媚声调说:

"哦哦哦……两位先生,尽管我难于说出口,却不得不预先警告你们:这个树林里是禁止打猎的。请原谅,我不认识你们,却斗胆打搅你们,不过……请容许我介绍自己,我姓格龙托夫斯基,是康杜陵娜夫人的庄园总管!"

"跟您认识很高兴。可是为什么不可以打猎呢?"

"树林的女主人定下了这条规矩!"

我和公爵面面相觑。在沉默中过了一分钟。公爵站在那儿,呆呆地瞧着脚旁边他用手杖打落的一个大毒蝇蕈。格龙托夫斯基仍然愉快地微笑。他整个脸都在颤动,现出甜得像蜜那样的表情,连他坎肩上的表链好像也在微笑,极力要向我们表示殷勤似的。困窘的阴影正像沉静的天使那样飞过空中,我们三人都感到不自在。

"胡说!"我说,"只不过上个星期,我还在这儿打过猎!"

"这很可能!"格龙托夫斯基说着,从牙缝里发出嘻嘻的笑声,"事实上大家都不顾禁令在这儿打猎,不过我既然遇见你们,那么我的职责……我的神圣的责任就是预先警告你们。我是奉命办事的人。如果这片树林是我的,那么凭格龙托夫斯基的人格担保,我不会反对你们的愉快的消遣。然而格龙托夫斯基却是奉命差遣,概不由己,这又能怪谁呢?"

这个身材细高的人叹口气,耸了耸肩膀。我开始争论,冒火,证明,可是我讲得越是响亮,有道理,格龙托夫斯基的脸就越是甜蜜,越是惹人腻味。显然,他感到他拥有支配我们的某种权力,这使他得到极大的乐趣。他欣赏他自谦的口气、他的彬彬有礼、他的风度,带着特殊的感情念出他的响亮的姓,大概他是很喜欢这个姓的。他站在我们面前觉得很自在。只是他偶尔用难为情的目光瞟一下他的筐子,由此可以断定,只有一种东西败坏他的心境,这就是那些菌子,它们显得那么女人气,土气,大煞风景,伤了他的面子。

"我们偏不回去!"我说,"我们已经走了十五俄里路!"

"有什么法子呢!即使你们不是走了十五俄里,而是十万俄里,哪怕美国的或者别的遥远国家的皇帝来到此地,我也认为我有责任……所谓神圣的职责……"

"这树林是娜杰日达·尔沃芙娜的吧?"公爵问。

"对,先生,是娜杰日达·尔沃芙娜的。……"

"现在她在家吗?"

"在家,先生。……这样吧,你们索性到她那儿去一趟,离这儿至多不过半俄里。要是她给你们开一张条子,那我……当然从命!哈哈……嘻嘻。……"

"也好,"我同意说,"去找她总比往回走近得多。……您就到她那儿去一趟吧,谢尔盖·伊凡内奇①,"我转过身来对公爵说,"您认识她。"

公爵本来一直瞧着被他打落的毒蝇蕈,这时候抬起眼睛瞧着我,沉吟一下,说:

"以前我倒认识她,可是……我去找她不大合适。再者我穿得也不整齐。……您去吧,您跟她不认识。……您倒方便些。"

我同意了。我们坐上双轮轻便马车,由格龙托夫斯基的笑脸护送着,沿林边往地主庄园走去。娜杰日达·尔沃芙娜·康杜陵娜娘家姓沙别尔斯基,我以前不认识她,早先从没跟她见过面,只是对她有所耳闻。我知道她非常富有,全省没有一个人比得上。她父亲沙别尔斯基地主只有她一个女儿,他死后给她留下好几处田产、一个养马场和许多钱。我听说,她虽然只有二十五六岁,却生得不美,缺乏光彩,跟一般人那样平

---

① 谢尔盖·伊凡诺维奇的简称。

庸,只因为家财豪富,才跟本县的一般太太小姐有所不同而已。

我素来以为财富是可以感觉到的,富人一定有穷人无从领略的特殊感受。往常我路过娜杰日达·尔沃芙娜的大果树园,看见其中矗立着一座沉重的大厦,窗上永远下着窗帘,总是暗想:"目前她有什么感觉?那边,窗帘里边,有幸福吗?"有一次我远远看见她坐在一辆上等的双轮轻便马车上,赶着一匹漂亮的白马,不知从哪儿来,于是我这个罪人不但羡慕她,甚至认为她的神态、她的动作都有一种不富裕的人所缺乏的特别之处,这就像奴性十足的人遇到比自己身份高贵的人,往往从他们普通的外貌就一眼看出他们出身上流一样。关于娜杰日达·尔沃芙娜的内心生活,我只从别人的闲话当中听到一点。据本县人说,五六年前,她还没出嫁,她父亲还在世的时候,她热烈地爱上了目前跟我并排坐在马车上的谢尔盖·伊凡诺维奇公爵。当时公爵喜欢到她的老父亲家去,往往整天在他的台球房里打台球,总也玩不厌,一直玩到胳膊和腿都酸痛了才罢休。可是老人去世的半年前,公爵突然不到沙别尔斯基家里去了。本县那些爱说闲话的人看到这种急剧的转变,找不到可靠的根据,就做出各式各样的解释。有人说,公爵已经发现相貌不美的娜杰日达钟情于他,却又无法回报,便认为自己既是正派人,就应当中止这种来往。另外又有人断言,沙别尔斯基老人发现他女儿何以憔悴,就向不富裕的公爵建议同她结婚,公爵却想不开,认为这是要收买他和他的爵衔,一怒之下说了许多蠢话,吵翻了脸。这些闲话究竟是真是假,那很难说,不过公爵一向避免谈到娜杰日达·尔沃芙娜,可见那些闲话多少总有一点道理。

我知道娜杰日达·尔沃芙娜在父亲死后不久,嫁给一个从外地来的法学候补博士康杜陵,这人家道不富,却工于心计。她嫁给他不是因为爱他,而是法学候补博士的爱情打动了她的心,据说他出色地扮演了热恋的情人的角色。在我描写的这个时期,她丈夫康杜陵不知什么缘故住在开罗,常写些《旅行札记》寄给他的朋友,本县的首席贵族。她呢,由一群靠她养活的女食客包围着,在放下窗帘的屋子里苦恼地过下去,做些零星的慈善工作来打发她那寂寞的日子。

公爵在去庄园的路上谈兴大发。

"我已经有三天没回家了,"他小声说着,斜起眼睛看马车夫,"瞧,我活这么大,又不是娘们儿,也不信邪,可就是受不了民事执行吏①。我在家里一见到民事执行吏,就脸色发白,周身打抖,甚至腿肚子抽筋。您知道,罗戈仁把我告到法院,逼着我还债呢!"

一般说来公爵是不喜欢抱怨他的困境的。凡是涉及穷寒的事,他总是绝口不提,极爱面子,做出道貌岸然的神情,因此他这些话使我暗暗吃惊。他久久地瞧着树林中被太阳晒暖的黄色空地,然后抬起眼睛眺望一长串仙鹤在蔚蓝色的天空中飘飞,随后回过头来瞧

---

① 法院职员,往往在债务诉讼案件中奉命到负债人家中索债或查封财物。

着我。

"九月六号以前我要筹足一笔款子交给银行……付田产的利息!"他大声说着,不再顾忌马车夫了,"可是到哪儿去筹款呢? 总之,老兄,我一筹莫展! 唉,简直一筹莫展!"

公爵看了看他枪上的扳机,不知什么缘故对它吹一口气,然后抬起眼睛寻找那些不见踪影的仙鹤。

"谢尔盖·伊凡内奇,"我沉默了一会儿,问道,"您想一想,要是您的沙契洛甫卡田产卖掉抵债了,那您怎么办?"

"我? 不知道! 沙契洛甫卡总归保不住了,这就跟二乘二等于四一样,可是我又没法想象这样的灾难。我不能想象我连每天的面包都没有着落。我怎么办呢? 我几乎没受过什么教育,至今也没工作过,如今再开始到机关去任职已经嫌迟了。……再者,进什么机关任职呢? 我在什么地方任职合适呢? 我们姑且假定,在地方自治局任职用不着多大的聪明才智,可是

父　亲　集

我……鬼才知道是怎么回事,总是有点胆怯,一丁点儿勇气也没有。我真要是到机关里去任职,就会老是觉得走错了地方。我不是理想主义者,不是空想主义者,也不信奉什么特别的原则,大概只不过是愚蠢、懦弱无能而已。我是个精神病患者,懦夫。总之我跟别人不一样。所有的人都差不多,唯独我是那么一种……那么一种怪人。……上星期三我遇见过纳里亚京。您知道他,他是酒鬼,衣冠不整……欠了钱不还账,蠢头蠢脑,"公爵皱起眉峰,摇摇头,"……是个糟透了的人!他身子摇摇晃晃,对我说:'人家要推选我做调解法官了!'当然,他是选不上的,不过,说实在的,他倒相信自己适合做调解法官,认为能胜任这个工作呢。他又有勇气又自信。我还坐车去看望过我们的法院侦讯官。那个人一个月领二百五十薪金,可是几乎什么事也不做,只知道成天价光穿着衬里衣裤在屋里走来走去,可是您问他,他却相信他在做事,诚实地履行他的职责呢。这我就做不到!我就会不好意思正眼看会计主任的脸。"

这时候,格龙托夫斯基骑着一匹不高的枣红马神气活现地在我们面前经过。他左臂肘上挎着篮子,白色的菌子在篮子里跳动着。他追上我们,向我们龇牙一笑,挥一下手,像是见到了老相识。

"蠢货!"公爵瞧着他的背影,咬着牙说,"说来奇怪,有的时候看见心满意足的脸子,心里厌恶极了。这是愚蠢的兽性感情,多半是由饥饿产生的。……刚才我讲到哪儿了?哦,对了,讲到工作。……我会不好意思领薪金的,不过,其实,这是愚蠢的。如果往大处看,严肃地考察一下,那么,就连现在我吃的东西也不是我的。不是这样吗?可是不知什么缘故,这倒不叫人害臊。……这也许是习惯的缘故吧……要不然,就是没能理解自己真正的处境。……这种处境多半是可怕的!"

我瞧着他:莫非公爵在卖弄聪明?可是他脸色温和,眼睛忧伤地瞅着那匹不高的枣红马越跑越远,倒好像他的幸福也随着它一齐逃跑了似的。

显而易见,他的心境激愤而忧伤,每逢这种时候,女人就会没来由地悄悄落泪,男人就一心想要抱怨生活,抱怨自己,抱怨上帝。……

在庄园门口,我下了马车,公爵说:

"有一回,有个人要叫我难堪,就说我生着骗子的相貌。我自己也发现骗子往往是黑发男子。听我说,我觉得,即使我真的天生是个骗子,我也会至死是个正派人,因为我缺乏作恶的勇气。我老实告诉您,我这一生,本来有过发财的机会。我一生只要做一次假……只要对我自己和另外一个……另外一个我知道会原谅我做假的人做一次假,我就会把一百万现款装进我的腰包。可是我做不到!没有那种胆量!"

从大门口到正房,要穿过一片密林,顺着一条像尺那么直的长路往前走,两旁栽着茂密而且剪过枝的丁香花丛。正房显得沉重,乏味,从正面看去像个剧院。它笨拙地耸立在一片青翠之中,着实刺眼,好比绿茸茸的草地上丢着一颗大石子。在正门的门口,我遇见一个年老的胖听差,穿着绿色的礼服,戴着银边大眼镜。他没有进去通报,光是嫌恶地打量一下我扑满尘土的衣服,把我领进屋去。我走上铺着软地毯的楼梯,不知什么缘故闻到一股浓重的树胶气味,等到走进楼上的前厅,我就被一种在档案室、地主家大厦、商人旧式住宅里特有的空气笼罩着。那似乎是一种早已过去的东西的气味,那种东西以前存在过,后来消失了,然而它的灵魂却留在房里没走。我从前厅穿过三四个房间,走到客厅。我至今还记得那亮晃晃的浅黄色地板、用纱布包严的枝形吊灯架和狭长的条毯,这种条毯不是像通常那样从这个门口照直铺到那个门口,而是沿着墙根铺着,因此我只得在每个房间里沿着四壁兜一个圈,免得我那双沾泥的笨重皮靴有碰到发亮的地板的危险。听差把我留在客厅里,独自走了。客厅里放着些祖传的老家具,一概蒙着白套子,笼罩在幽暗的光线里。这些家具显得阴森,古老,四周一点声音也没有,仿佛对它们的宁静表示敬意似的。

甚至时钟也不响。……塔拉康诺娃公爵小姐似乎在金边镜框里睡熟了,水和老鼠仿佛被人施了魔法似的一动也不动①。白昼的亮光好像不敢破坏这儿的安宁气氛,只略微射进放下的窗帘,把昏睡般的苍白色光带投在柔软的地毯上。

三分钟过去了,一个身材高大的老太婆不出声地走进客厅来,脸颊上扎着绷带,身上穿着黑衣服。她对我鞠躬,拉起窗帘。明亮的阳光一照进来,画里的老鼠和水就顿时活了,塔拉康诺娃醒过来,那些阴沉而古老的圈椅却皱起了眉头。

"夫人马上就来……"老太婆歇口气,说,也皱起眉头。

又等了几分钟,我才见到娜杰日达·尔沃芙娜。

---

① 指俄国画家弗拉维茨基在1865年所画的一幅画:塔拉康诺娃公爵小姐因冒充公主而被囚禁在彼得保罗要塞里,濒于死亡。——俄文本编者注

首先引我注目的是她确实不美,矮小,消瘦,背有点驼。她那浓密的栗色头发却蓬松好看,脸容纯洁、颖慧,带有青春的朝气,眼神显得聪明而清亮,可是由于嘴唇又大又厚,脸的角度太尖,她头部的全部魅力也就消失了。

我通报我的姓名,说明我的来意。

"真的,我也不知道该怎么办才好!"她犹豫说,低下眼睛,微笑,"我不想拒绝,同时却又……"

"请答应吧!"我要求她说。

娜杰日达·尔沃芙娜瞧着我,笑起来。我也笑起来。引她发笑的,多半就是使得格龙托夫斯基沾沾自喜的东西,也就是准许和禁止的权利。我觉得我的来访忽然变得稀奇古怪了。

"我不打算破坏早已定下的规矩,"康杜陵娜说,"我们土地上禁止打猎已经有六年了。是啊!"她果断地摇一下头说,"对不起,我不得不拒绝您。要是答应您,就也得答应旁人。我不喜欢不公道。要么一概答应,要么一个都不行。"

"可惜!"我叹道,"尤其叫人难过的是我们坐着马车赶了十五俄里的路才到此地。我不是一个人来的,"我补充说,"跟我一路来的还有谢尔盖·伊凡内奇公爵。"

我说出公爵的名字并不是别有用意,不是出于什么特别的考虑和目的,而是不假思索,随意说出口的。康杜陵娜听见这熟悉的名字,身子突然震颤一下,目光久久地停在我身上。我发现她的鼻子变白了。

"这也一样……"她说着,低下她的眼睛。

我是站在窗前跟她说话的,窗子面对着那片密林。我看得见整个密林和林荫道、池塘以及我刚才走过的那条路。路的尽头,大门以外,现出我们的双轮轻便马车的黑色后影。公爵在大门旁边站着,背对正房,叉开两条腿,在跟身材细长的格龙托夫斯基谈话。

康杜陵娜始终在另一个窗子跟前站着。她偶尔往密林那边看一下,可是自从我说出公爵的名字以后,她就再也没有从窗口那边掉过头来。

"请原谅我,"她说,眯细眼睛瞧着通道和大门口,"只准许你们打猎,那是不公平的。……再说,把飞禽打死又有什么乐趣呢?何苦呢?莫非它们碍你们的事?"

禁锢在四堵墙当中,住在光线暗淡的房间里,闻着朽坏的家具的浓重气味,像这样的孤独生活是会使人多愁善感的。康杜陵娜无意中说出口的想法值得尊敬,然而我还是忍不住说:

"如果这样考虑问题,就应当光着脚走路。靴子就是用杀死的牲畜的皮制成的啊。"

"必要和任性是应该加以区别的。"康杜陵娜闷声闷气地回答。

她已经认出公爵,眼睛一刻也不放松他的身影。她那不美的脸上交织着欢乐和痛苦,很难加以描写!她的眼睛含着笑意,光芒四射,嘴唇发抖。她笑起来,脸更凑近玻璃窗。她双手扶着一个花盆,略微踮起一只脚,屏住呼吸,那姿态活像狗发现了猎物而趴在地上,急不可待地等着猎人叫一声:"抓住它!"

我瞧了瞧她,又瞧了瞧生平不肯做一次假的公爵,想到真实和虚伪在人们的私人幸福中起着那么强大的作用,不由得又是气恼,又是沉痛。

公爵忽然全身一震,把枪口瞄准,放了一枪。一只鹞鹰原在他头顶上飞翔,这时候拍着翅膀,像箭似的飞到远处去了。

"他把枪举高了!"我说,"那么,娜杰日达·尔沃芙娜,"我叹道,从窗前走开,"您不允许打猎。……"

康杜陵娜一言不发。

"我荣幸地告辞,"我说,"请您原谅我打搅您。……"

康杜陵娜本来想转过脸来瞧我,而且已经略微转过来,可又立刻把脸藏到窗帘里,仿佛感到眼睛里噙着泪水,有意遮盖似的。……

"再见。……对不起……"她轻声说。

我对她的背影鞠躬,然后迈开步子,不再踩着地毯,索性就在浅黄色地板上走了。我巴不得离开这个小小的王国,躲开它这种金光闪闪的苦闷和悲伤。我急忙走去,仿佛想摆脱一场荒唐的噩梦以及那梦中昏暗的光线、塔拉康诺娃和枝形吊灯架。……

我走到正房大门口,一个使女追上我,交给我一张字条。我读那张字条:"兹特准许持条人打猎。娜·康。"……

侦　讯　官

在一个晴朗的春日,中午,县里的医生和法院侦讯官同坐一辆马车去验尸。侦讯官是一个三十五岁上下的男子,呆呆地瞧着马说:

"自然界有很多事情像谜一样,意义不明,而且,大夫,就连在日常生活里,也常常会碰到绝对没法解释的现象。是啊,我知道,有些人死得不明不白,稀奇古怪,只有招魂术士和相信神鬼的人才能解释他们死亡的原因,头脑清醒的人却想不明白,只能摊开双手。比方说,我知道有一位很有教养的太太预先宣告她的死期,而且恰好就在她说定的那个日期无缘无故地死了。她说某天死,果然就在某天死了。"

"没有一种行动是没有原因的。"医生说,"有死亡就一定有死亡的原因。至于预言,那也不值得大惊小怪。我们那些太太,那些女人,都有先知和预感的才能。"

"话是不错的,大夫,不过我说的这位太太却完全不同。她的预言和死亡不带一点女人气,不带一点婆婆妈妈的味道。她是个年轻的女人,健康,聪明,一点也不迷信。她的眼睛那么聪明,那么明亮,那么诚实,面容开朗而清醒,眼光里和嘴唇上总是带着纯粹俄罗斯式的淡淡的讥诮神情。讲到她身上带女人气的地方,那么不瞒您说,只有一点,就是容貌美丽。她身材苗条,姿态优雅,就跟我们眼前这棵白桦树一样,她头发好看得出奇!为了让她不致在您心目中成为不可理解的人,那我还要添一句:这个人心里充满最容易感染人的欢乐,无忧无虑,现出聪明而又优美的潇洒风度,那是只有心地忠厚、性格开朗而且有思想的人才会有的。这还怎能谈到什么神秘主义、招魂术、预感的才能或者诸如此类的东西?她是嘲笑这些东西的。"

医生的马车在一口井旁边停下。侦讯官和医生喝够了水,伸个懒腰,等着马车夫饮完那匹马。

"哦,那位太太是怎么死的呢?"等到马车又在大路上行驶,医生问道。

"她死得很怪。在一个晴朗的日子,她丈夫走到她房间里去找她,对她说,开春以前不妨把旧马车卖掉,买一辆新一点、轻便一点的马车,而且顶好换一匹左面拉边套的马,让包勃钦斯基(这是她丈夫的一匹马的名字)做辕马。

"他妻子听他讲完,就说:

"'你想怎么办就怎么办吧,现在我对什么都无所谓。到不了夏天我就进坟墓了。'

"她丈夫当然耸动肩膀,微微地笑。

"'我一点也不是说笑话,'她说,'我认真告诉你,我不久就要死了。'

"'可是这不久是指什么时候?'

"'我生产以后立时就死。我生完孩子就死了。'

"她丈夫对这些话毫不在意。他不相信什么预感,再者他也清楚地知道怀孕的女人喜欢使性子,总是满脑子的阴郁想法。过了一天,他妻子又对他说,她生完孩子马上就会死掉,而且后来她天天这么说,他呢,笑她,管她叫作乡下娘们儿,算命的,神经病。这种快要死掉的想法成了他妻子的固定想法①。等到她丈夫不理她,她就走到厨房去,在那儿对奶妈和厨娘讲她的死:

"'我活不久了,奶妈。我一生完孩子,马上就会死掉。我不愿意死得这么早,可是看来,我也是命该如此。'

"奶妈和厨娘当然流泪了。有时候,教士的妻子或者地主太太来找她,她就把她拉到一边,向她吐露心曲,翻来覆去老是讲她就要死了。她说得认真,带着不愉快的笑容,甚至现出气愤的脸色,不容别人反驳。她本来喜欢穿时髦衣服,好打扮,可是这时候由于快要死

---

① 原文为法语。

掉,她就丢开一切,穿得马马虎虎了。她不再看书,不再欢笑,不再讲她的幻想。……不但这样,她还跟姑母一块儿坐车到墓园,在那儿为自己看好坟地,在分娩的前五天写下了遗嘱。请您注意,她做这些事的时候,身体极好,没有一点害病的迹象,也没有什么危险的状况。分娩是一件困难的事,有时候会致人死命,然而在我对您讲到的这个事例中,一切都顺利,根本用不着担惊受怕。最后她丈夫对这件事厌烦了。有一天,在吃午饭的时候,他生起气来,问道:

"'听着,娜达霞,这种胡闹要到什么时候才收场呢?'

"'这不是胡闹。我是认真说的。'

"'胡扯!我劝你还是不要再胡闹的好,免得日后觉得难为情。'

"可是后来,分娩的日子到了。她丈夫从城里请来一位最好的接生婆。这是他妻子头一次分娩,可是再顺利也没有了。分娩完结,产妇想看一眼婴儿。她看过以后说：

"'好,现在可以死了。'

"她告了别,闭上眼睛,过了半个钟头就把灵魂交给上帝了。直到最后一分钟,她的神志都是清醒的。至少,在她要水喝,仆人却端来牛奶的时候,她小声说：

"'为什么你们给我牛奶,不给我水？'

"事情的经过就是这样。她果然照她预言的那样死掉了。"

侦讯官沉默一会儿,叹口气说：

"好,您来解释一下：她怎么会死的？我凭人格向您担保,这件事不是捏造,而是事实。"

医生抬起眼睛望着天空,思索着。

"应该验她的尸才对。"他说。

"为什么？"

"为的是查明死亡的原因。她不是由于自己的预言才死的。她多半是服毒自尽的。"

侦讯官很快地扭过脸来看着医生,眯细眼睛问道：

"您根据什么推断她服了毒?"

"我不是推断,而是揣测。她跟她丈夫相处得很好吗?"

"哦……不大好。他们婚后不久就发生过一次争吵。出过一件很不幸的事。那个去世的女人有一次撞见她丈夫跟一个女人在一块儿。……不过,她不久就原谅他了。"

"那么,哪一件事在先:是丈夫负心呢,还是妻子产生死的念头?"

侦讯官定睛瞧着医生,仿佛想猜测他为什么提出这个问题似的。

"对不起,"他过一会儿才回答说,"对不起,让我想一想看,"侦讯官说着,脱掉帽子,擦擦额头,"对了,对了……她恰好是在这件事发生以后不久才开始谈到死的。对了,对了。"

"喏,那您就该明白啦。……多半她那时候就已经决定服毒自杀了,不过她大概不愿意连带毒死她的孩子,所以拖到分娩以后才自杀。"

"不见得,不见得。……这不可能。她当时就原谅她丈夫了。"

"她既然原谅得那么快,可见她心里必是打了坏主意。年轻的妻子是不会原谅得那么快的。"

侦讯官勉强笑一笑。他想掩盖他那过于明显的激动,就点上一支纸烟。

"不见得,不见得……"他接着说,"我根本就没想到过会有这种可能。……再说……他也不像表面看来那么罪孽深重。……他那次负心是在很奇特的情况下发生的,是违背他的本意的:那天晚上他带着酒意回到家里,想找个人亲热一下,可是他妻子怀着孕……这时候,见鬼,他遇上一位到他家里来住三天的太太,那是个无聊、愚蠢、难看的娘们儿。这种事甚至不能算是负心。……他妻子也这样看待这件事,而且不久就……原谅他了。后来这件事连提都没有提过。……"

"人是不会无缘无故死掉的。"医生说。

"这话当然不错,可是……我还是不能承认她服毒自杀。然而,说来也怪:我怎么会没想到过她可能就是这样死的!……而且谁也没想到过!……大家都因为她的预言这么灵验而觉得奇怪,至于她可能这样死掉……大家却根本没有想过。……再者她也不可能服毒自杀!不会的!"

侦讯官陷入了沉思。就连验尸的时候,那个死得古怪的女人也没离开他的头脑。他一面抄写医生口授的验尸结果,一面阴郁地活动眉毛,擦着额头。

"难道有这么一种毒药,能够在一刻钟里渐渐地毒死一个人而不使他感到痛苦吗?"他问医生,这时候医生正在检查头盖骨。

"是的,有这种毒药。比方说,吗啡就是。"

"哦……奇怪。……我记得她是收藏着这类东西的。……可是,不见得吧!"

在回去的路上,侦讯官的脸色显得很疲惫,他烦躁地咬着唇髭,不乐意地开口说话了。

"我们下车走一会儿吧,"他要求医生说,"我坐得厌烦了。"

侦讯官走出一百步光景,可是依医生看来,侦讯官已经一点力气也没有了,如同在爬高山似的。他站住,用古怪的、仿佛醺醉的眼睛瞧着医生,说:

"我的上帝啊,要是您的推测是正确的,那么这……这未免太残忍,太狠心了!她毒死自己是为了惩罚别人!难道那种罪就有那么大?啊,我的上帝!您为什么送给我这么一个该死的想法,大夫!"

侦讯官绝望地抱住头,接着说:

"我刚才跟您讲的是我自己的妻子,是我自己。唉,我的上帝!不错,我有罪,我伤了她的心,可是难道死倒比原谅还容易?这正是女人的逻辑,残忍无情的逻辑。啊,她就连活着的时候也素来是狠心的!现在我都想起来了!现在我才算什么都明白了!"

侦讯官讲着,时而耸动肩膀,时而抱住头。他一会儿坐到马车上去,一会儿步行。医生提供给他的那种新想法,使他震惊,像中了毒一样。他茫然失措,身体和灵魂一齐衰弱无力,虽然他昨天晚上已经跟医生约定,今天跟医生一块儿吃饭,可是回到城里,却向医生告辞,不肯一块儿去吃饭了。

摘自脾气暴躁的人的札记

我是个严肃的人,我的头脑喜欢哲学。论专业,我是学财政的,研究财政法,正在撰写学位论文,题目是《狗税之过去与未来》。您会同意,我跟姑娘啦,爱情歌曲啦,月亮啦之类的蠢事是根本无缘的。

早晨。十点钟。我的妈妈①给我斟好一杯咖啡。我喝完,就走到外面小阳台上去,打算立刻动手写论文。我拿出一张干净纸,把钢笔在墨水里蘸一蘸,写出

---

① 原文为法语。

题目:《狗税之过去与未来》。我想了一会儿,写道:"历史的概述。根据希罗多德①和色诺芬②著作中的某些暗示来推断,狗税的起源应该追溯到……"

可是写到这儿,我却听见了极其可疑的脚步声。我从小阳台上往下看,瞧见一个姑娘,生着长长的脸和长长的腰。她的名字好像是娜坚卡或者瓦连卡,不过这是完全没有关系的。她在找什么东西,装出没看见我的样子,嘴里小声哼着:

你可记得那个充满欢乐的曲调……

我把我写完的那些字重看一遍,想要接着写下去,可是这时候,那个姑娘做出看到了我的样子,用悲伤的声调说:

"您好,尼古拉·安德烈伊奇!您可知道我有多

---

① 希罗多德(约前484—约前425),古希腊历史学家。——俄文本编者注
② 色诺芬(约前430—约前355),古希腊历史学家、作家。——俄文本编者注

么倒霉！昨天我出来散步，把我镯子上的一颗小珠子弄丢了！"

我把这篇论文的开端重看一遍，描了描"狗"字的一钩，打算接着写下去，然而姑娘却不肯罢休。

"尼古拉·安德烈伊奇，"她说，"劳您的驾，送我回家去吧。卡烈林家有一条大狗，我不敢一个人走。"

这真没有办法，我就放下钢笔，走下楼去。娜坚卡或者瓦连卡就挽着我的胳膊，我们一路往她的别墅走去。

每逢我有责任挽着太太或者姑娘的胳膊一块儿走路，不知什么缘故，我总觉得自己好比一只钩子，上面挂着肥大的皮大衣。我们不妨背地里说一句，这个娜坚卡或者瓦连卡是个热情的人（她爷爷是亚美尼亚人），她有一种本领，善于把她全身的重量一齐压在你的胳膊上，而且善于像蚂蟥似的贴紧您的身子。我们就照这样走着。……走过卡烈林家，我看见一只大狗，使我想起了狗税。我伤心地想起那篇已经写开了头的文章,叹一口气。

"您为什么叹气?"娜坚卡或者瓦连卡问道,她自己也叹一口气。

现在我得附带声明一下。娜坚卡或者瓦连卡(现在我才想起来她大概叫玛宪卡),不知什么缘故,以为我爱上了她,因此认定她有一种仁慈的责任,应该永远怀着怜悯的心情对待我,用话语来治疗我心灵的创伤。

"您听我说,"她站住,说,"我知道您为什么叹气。您爱着一个人,对了!不过我用我们友谊的名义恳求您,请您相信您所爱的那个姑娘是深深尊敬您的!她不能报答您的爱情,她的心早已属于别人了,这能怪她吗?"

玛宪卡的鼻子发红,胀大,眼睛里含满泪水,她分明在等我回答,不过幸好我们走到她的别墅了。……玛宪卡的母亲坐在露台上,她是个心地善良、思想守旧的女人。她看一眼她女儿激动的脸色,又久久地瞅着我,叹口气,仿佛想说:"唉,年轻人啊,你们甚至连瞒住外人都不会呀!"露台上除她以外,坐着几个花花绿绿的姑娘,还有我的一个邻居,一个退伍的军官,在最近一次战争中,他左边的鬓角和右边的胯骨受了伤。这个不幸的人像我一样抱定目的,要利用这个夏天做文学工作。他正在写《军人回忆录》。他像我一样每天早晨做他那可敬的工作,可是刚刚写完"我生在",小阳台下面就出现一个瓦连卡或者玛宪卡,这个负伤的"上帝的奴隶"就被她押走了。

所有坐在露台上的人,都在收拾一种蹩脚的果子,用来做果酱。我鞠过躬,打算走掉,可是花花绿绿的姑娘们尖声叫着,抢走我的帽子,硬要我留下来。我只好坐下。她们拿给我一碟果子和一根发针。我就动手收拾果子。

花花绿绿的姑娘们讲起男人。有的男人好看,有的漂亮而不可爱,有的不漂亮反而可爱,有的如果鼻子不像顶针,就不难看了,等等。

父 亲 集

"您呢,尼古拉先生①,"瓦连卡的母亲对我说,"不漂亮而可爱。……您脸上有那么一种神情。……不过,"她叹口气说,"对男人们来说,重要的不是漂亮,而是智慧。……"

姑娘们纷纷叹气,低下眼睛。……她们也同意,对男人们来说,重要的不是漂亮,而是智慧。我斜起眼睛看一下镜子里我的影像,想判断我究竟可爱不可爱。我看见一个头发乱蓬蓬的脑袋和乱蓬蓬的胡子、唇髭、眉毛。两颊上和眼睛底下的汗毛密密麻麻,简直成了一片小树林,我那个结实的鼻子在这片小树林里耸出来,就像消防队的瞭望台。不用说,这副尊容可真够瞧的!

"不过呢,尼古拉,您是以您的精神品质见长的。"娜坚卡的母亲叹口气说,仿佛在加强她心里一个隐秘的想法似的。

----

① 原文为法语。

娜坚卡为我难过，不过她转念想到对面坐着一个爱上她的人，又分明感到极大的乐趣。姑娘们谈完男人，又讲爱情。关于爱情讲了很久以后，有个姑娘站起来，走掉了。余下的客人就开始议论走掉的姑娘。大家都发现她愚蠢、讨厌、难看，说她的肩胛骨简直生得不是地方。

可是谢天谢地，最后我的妈妈派来一个女仆，叫我回去吃饭。现在我可以离开这伙讨厌的人，去继续写我的论文了。我就站起来，向大家鞠躬。瓦连卡的母亲、瓦连卡本人、花花绿绿的姑娘们却把我团团围住，口口声声说我没有任何权利走掉，因为我昨天曾答应跟她们一块儿吃午饭，饭后还要到树林里去采蘑菇。我呢，只好鞠躬，坐下。……我的灵魂里沸腾着憎恨，我觉得再过一会儿我就会大发脾气，我可没法给自己担保。然而，我想到礼貌，生怕这样做有伤大雅，这使我不得不顺从那些女人。我就顺从她们了。

我们坐下来吃饭。军官由于鬓角负伤，他的下巴不住地痉挛,他吃东西的时候好像嘴里含着嚼子似的。我把面包搓成小球,心里想着狗税,知道自己脾气暴躁,就极力不说话。娜坚卡带着怜悯的神情瞧着我。午饭吃的是冷杂拌汤、牛舌煎豌豆、烤鸡、糖煮水果。我没有胃口,不过为了礼貌,我还是吃了。饭后,我一个人站在露台上吸烟,玛宪卡的妈妈走到我身边来,握一下我的手,屏住气息说:

"可是您也别灰心,尼古拉!……她有一颗黄金般的心……黄金般的心啊!"

我们到树林里去采蘑菇。……瓦连卡吊在我的胳膊上,贴住我的身子。我痛苦得受不了,可我还是隐忍着。

我们走进树林。

"您听我说,尼古拉先生,"娜坚卡叹口气说,"为什么您这么忧郁?为什么您不说话?"

好一个奇怪的姑娘:我能跟她说什么呢?我们有什么共同点呢?

"哎,您倒是说话呀……"她要求说。

我开始思索一些她能够听懂的通俗性话题。我沉吟一下,说:

"砍伐树林给俄国带来巨大的损害。……"

"尼古拉!"瓦连卡叹口气说,她的鼻子发红了,"尼古拉,我明白,您回避坦率的谈话。……您似乎想用您的沉默来惩罚我。……您的感情没有得到报答,您就情愿在沉默中,在孤独中受苦……这太可怕了,尼古拉!"她叫道,使劲拉住我的胳膊,我看出她的鼻子胀大了,"如果您心爱的那个姑娘把永久的友谊献给您,那您会觉得怎样?"

我说了一句驴唇不对马嘴的话,因为我简直不知道该对她说什么好。……求上帝怜恤吧:第一,我根本没有爱上哪个姑娘,第二,永久的友谊对我能有什么用处呢?第三,我脾气很暴躁。玛宪卡或者瓦连卡就用手蒙上脸,仿佛自言自语似的低声说:

"他不开口。……他显然希望我这方面做出牺牲。可是,既然我爱着别人,我就不能爱他!不过呢……我来想一想。……好,我来想一想吧。……我要使出我灵魂的全部力量,也许我会牺牲我的幸福,把这个人从苦难中救出来!"

我一点也听不懂。这些话仿佛是天书。我们往前走,采蘑菇。我们一直沉默着。娜坚卡的脸上露出内心斗争的神情。远处传来狗叫声,这使我想起我的论文,我就大声叹一口气。隔着许多树干,我看见受伤的军官。那个可怜的人痛苦地跛着脚走路,身子不住地左右摇晃:右边有他受伤的胯骨,左边吊着一个花花绿绿的姑娘。他脸上现出听天由命的神情。

我们从树林里出来,回到别墅去喝茶,然后打槌球,听一个花花绿绿的姑娘唱爱情歌曲:"不,你不爱我!不!不!……"她一唱到"不"字就把嘴张得大大的。

"妙极了!"①别的姑娘娇滴滴地说,"妙极了!"

---

① 原文为法语。

傍晚来了。讨厌的月亮从灌木丛后面爬上来。空中一片寂静,有新鲜干草难闻的气味。我拿起帽子,要走了。

"我有几句话要对您说。"玛宪卡意味深长地对我说,"别走。"

我预料到事情有点不妙,然而为了礼貌,留下来了。玛宪卡挽住我的胳膊,顺着林荫道,把我领到一个什么地方去。现在她全身都表现出内心的斗争。她脸色苍白,呼哧呼哧地喘气,而且仿佛要把我的右胳膊揪下来似的。她怎么了?

"您听着……"她喃喃地说,"不,我办不到。……不……"

她想说句什么话,可是踌躇不定。不过后来,我凭她的脸色看出她下定决心了。她眼睛一闪,胀大鼻子,抓住我的手,很快地说:

"尼古拉,我属于您了!我不能爱您,不过我答应我会对您忠实!"

然后她贴紧我的胸口,忽然又跳开了。

"有人来了……"她小声说,"再见。……明天十一点钟我在凉亭里等您。……再见!"

她就走了。我什么也不明白,心跳得难受,走回家里去了。《狗税之过去与未来》在等我,可是我再也没法工作了。我气得发昏。甚至可以说,我的愤怒是可怕的。见鬼,我可不容许人家把我当成小孩子!我脾气暴躁,跟我开玩笑可危险得很!等到女仆走到我的房间里,叫我去吃晚饭,我就对她大叫一声:"滚出去!"这种暴躁的脾气是干不出好事来的。

第二天早晨。天气正是别墅区的天气,那就是说,零度以下的气温、刺骨的寒风、雨、泥泞和樟脑的气味,因为我的妈妈从箱子里把她的女大衣取出来了。这是个气候恶劣的早晨。这天恰好是一八八七年八月七日,有日食。应该对您说明,在日食的时候,我们每个人即使不是天文学家,也可以做出重大有益的贡献。例如,我们每个人都可以:(一)测定太阳和月亮的直径,(二)画出日晷,(三)测量气温,(四)在日食的时候观察动物和植物,(五)记录自己的印象,等等。这件事那么重要,我就暂时丢下《狗税之过去与未来》,决定观察日食。我们全都很早起床。我把当前的全部工作分配如下:我测定太阳和月亮的直径,受伤的军官画出日晷,其余的工作由玛宪卡和花花绿绿的姑娘们承担。我们全体集合在一起,等着。

"怎么会有日食?"玛宪卡问。

我回答说:

"每逢月亮走进黄道的平面,落到太阳的中心和地球的中心相连的那条线上,就会发生日食。"

"什么叫作黄道?"

我做了解释。玛宪卡注意地听我说完,问道:

"透过熏黑的玻璃就可以看见太阳中心和地球中心相连的那条线吗?"

我回答她说,这是一条想象的线。

"既然那是一条想象的线,"瓦连卡大惑不解地说,"月亮怎么能落到那条线上呢?"

我没有答话。我一听到这个幼稚的问题,就觉得自己的肝脏胀大了。

"这都是胡说。"瓦连卡的母亲说,"谁也不知道怎么会发生那种事,再者,您一次也没有到天上去过,您怎么会知道太阳和月亮会出什么事呢?这都是胡思乱想。"

可是这时候一块黑斑移到太阳上去了。于是天下大乱。牛啦,羊啦,马啦,都竖起尾巴,大声叫起来,吓得在田野上乱跑。狗汪汪地吠。臭虫以为夜晚来了,从缝隙里爬出来,开始咬那些睡熟的人。助祭正从菜园里把黄瓜运回家去,这时候吃了一惊,从大车上跳下来,躲到桥底下去了。他的马拉着大车闯进别人的院子,黄瓜都被猪吃掉了。有一个收税员没有在自己家里过夜,睡在一个住别墅的女人家里,这时候只穿着内衣跑出来,冲进人群,扯开嗓门喊道:

"谁能保住自己的命,就管自逃生吧!"

有许多住别墅的女人(甚至年轻漂亮的也在内)被喧哗声惊醒,跑到街上来,连鞋都没来得及穿。另外还发生了许多我不便讲出来的事。

"哎呀,好可怕!"花花绿绿的姑娘们尖叫道,"哎呀,这真吓人!"

"小姐们①,观察呀!"我对她们叫道,"光阴是宝贵的!"

我自己也急忙动手,测量直径。……我想起日晷,就用眼睛找负伤的军官。他站在那儿,什么事也没做。

"您这是怎么了?"我叫道,"日晷呢?"

他耸耸肩膀,狠狠地对我使个眼色,叫我看他的胳膊。原来这个可怜的人的两条胳膊上都吊着花花绿绿的姑娘,她们吓得贴紧他的身子,妨碍他工作。我拿起一支铅笔,把时间一秒一秒地记下来。这是重要的。我记下观察地点的地理位置。这也重要。我想测定直

---

① 原文为法语。

径,可是这时候玛宪卡拉住我的手,说:

"您可别忘了,今天十一点钟!"

我缩回手,觉得每一秒钟都宝贵,打算继续观察,可是瓦连卡死命挽住我的胳膊,贴紧我的身子。铅笔啦、玻璃啦、图纸啦,一齐掉在草地上。鬼才知道这是怎么回事!时候终于到了,现在该叫这个姑娘明白我性子暴躁,发起脾气来就会闹得天翻地覆,连我自己都不能替自己负责!

我想继续工作,可是日食完结了!

"您看着我!"她温柔地小声说。

啊,这简直是对人的极度嘲弄!您会同意,这样耍弄人的耐性,只能闹出严重的后果。要是发生什么可怕的事,可不要怪我!我不容许人家开玩笑,也不容许人家耍弄我,而且,见鬼,等我大闹起来,我奉劝诸位,谁也不要走到我跟前来,统统见鬼去吧!我什么都干得出来!

有个姑娘大概从我的脸色看出我在冒火,她显然

要安慰我,就说:

"我,尼古拉·安德烈伊奇,执行了您交给我的任务。我观察了哺乳动物。我看见在日食前一条灰毛狗追一只猫,后来还摇了很久的尾巴呢。"

这样看来,这场日食一无所获。我走回家去。天在下雨,我没出来在小阳台上工作。负伤的军官却不顾危险到阳台上工作,甚至写下:"我生在……"可是他刚写到这儿,我从窗子里看见,一个花花绿绿的姑娘把他拉到她的别墅去了。我没法工作,因为我仍旧在冒火,觉得心跳得厉害。我没到凉亭去。这是不礼貌的,不过您会同意,我总不能冒着雨去啊!到十二点钟,我接到玛宪卡写来的一封信,信上满是责备的话,要求我一定要到凉亭去,而且用"你"称呼我了。……一点钟,我又接到一封信,两点钟又来一封。……非去不可了。不过在动身前,我得想好我该对她说些什么。我一举一动要像个正派人。第一,我要对她说,她不该以为我爱她。可是这样的话又不便对女人说。对女人说"我不爱您",就跟对作家说"您写得很糟"一样不客气。我最好对瓦连卡讲讲我对婚姻的看法。我就穿上暖和的大衣,打起伞,往凉亭走去。我知道自己脾气暴躁,生怕会说出什么不得体的话。我极力按捺我的火性。

果然有人在凉亭里等我。娜坚卡脸色苍白,眼泪汪汪。她一看见我,就快活地叫起来,搂住我的脖子,说:

"到底来了!你耍弄我的耐性。你听我说,我一夜也没睡着。……我一直在想。我觉得,等我了解你比较深一点,我就会……爱上你了。……"

我坐下来,开始述说我对婚姻的看法。开初,我不想把话扯得太远,想说得尽量简短,就略略做点历史的概述。我讲起印度和埃及的婚姻,然后转到近代,说了一些叔本华①的看法。玛宪卡注意地听着,可是忽然

---

① 叔本华(1788—1860),德国哲学家,唯意志论者。

间,她的思想发生一种古怪的转折,认为必须打断我的话。

"尼古拉,吻我!"她说。

我心慌意乱,不知道该对她说什么好。她重又提出她的要求。无可奈何,我站起来,凑到她那张长脸上吻了一下,当时我有一种感觉,就跟小时候有一回为亡者举行安魂祭,人们硬叫我吻死去的祖母一样。瓦连卡却不满足于我这一吻,索性跳起来,使劲搂住我。这时候凉亭门口出现了玛宪卡的母亲。……她现出惊恐的脸色,不知对谁"嘘"了一声,就不见了,跟监狱里的梅菲斯特[①]一样。

我心慌意乱,满腔怒火,回到我的别墅。我在家里遇见瓦连卡的妈妈,她眼睛里含着泪水拥抱我的妈妈,我的妈妈哽咽着说:

"我自己也一直巴望着这件事!"

---

① 歌德所著《浮士德》中的魔鬼。

父　亲　集

后来,您猜怎么着? 娜坚卡的母亲走到我跟前,拥抱我,说:

"求上帝祝福你们! 你得记住,要爱她。……别忘了,她为你做出了牺牲。……"

现在他们给我办婚事了。我在写这几行的时候,傧相正死命地催我,叫我快着点。这些人简直不知道我的脾气! 要知道,我脾气暴躁,我可不能为自己担保! 见鬼,你们瞧着以后会闹出什么事来! 把一个脾气暴躁、满腔怒火的人拉去举行婚礼,依我看来,简直太糊涂了,就跟把手伸进兽笼里摸一只暴怒的老虎一样。瞧着吧,瞧着会闹出什么事来!

就这样,我结婚了。大家向我道喜,瓦连卡老是贴紧我,说:

"你得明白,现在你属于我,属于我了! 你说你爱我! 说呀!"

这时候,她的鼻子胀大了。

我从傧相那儿听说,那个负伤的军官用巧妙的办法摆脱了喜曼①。他给花花绿绿的姑娘看一张医生证件,上面写着他由于鬓角受伤而神经不正常,所以依照法律,没有权利结婚。好办法!我本来也可以弄一个证件啊。我的一个伯父害间发性酒狂症,另一个伯父精神错乱(有一回他错把女人的暖手笼当作帽子戴到头上去了),我的姑母老是弹钢琴,遇到男人就吐舌头。再者,我自己的脾气暴躁极了,这也是十分可疑的症候。可是为什么好主意来得这么迟?为什么呢?

---

① 希腊神话中的婚姻之神。

在 黑 暗 里

一只不大不小的苍蝇钻进副检察官和七等文官加京的鼻子里去了。究竟它是受好奇心的驱使呢,还是出于轻率而飞进去,或者由于黑暗而失足,这都不得而知,反正鼻子不能容忍异己的物体存在,就发出打喷嚏的信号。加京果然打了个喷嚏,打得畅快极了,发出尖细的呼哨声,而且响极了,震得床铺猛的一颤,弹簧受到惊扰而吱吱嘎嘎响。加京的妻子玛丽雅·米海洛芙娜是个高大丰满的金发女人,这时候也猛地一颤,醒过来了。她瞧瞧黑暗,叹口气,翻一个身。过了大约五分钟,她又翻个身,把眼睛闭紧点,可是她再也睡不着了。她不住叹气,翻了几次身,后来索性坐起来,爬过丈夫的身子,穿上拖鞋,走到窗前去。

外面漆黑。她只能看清树木的轮廓和堆房的黑房顶。东方已经微微泛白,可是就连那点鱼白色也快被乌云遮蔽了。空气在沉睡,包缠在昏暗里,一片寂静。别墅区的守夜人原是要敲响梆子、打破夜间的寂静才可以领工钱的,这时候却没敲,甚至长脚秧鸡这种不怕跟京城来的别墅住客们做伴的唯一野禽,也默不作声。

打破寂静的倒是玛丽雅·米海洛芙娜自己。她站在窗前,朝院子里望着,忽然尖叫一声。她觉得仿佛有个黑影从花圃旁一棵剪过枝子的细杨树那边溜到正房这儿来。起初她以为那是一头奶牛或者马,后来揉了揉眼睛,才看清那是个人影。

后来她又仿佛看见那个黑影走到厨房窗子跟前,站了一会儿,分明游移不定,然后举起一条腿,伸到窗框上……爬进乌黑的窗口去了。

"贼!"她头脑里闪过这个想法,脸色顿时变得死白。

一刹那间,她的想象力勾勒出别墅女住客极其害怕的一幅画面:那个贼钻进厨房,从厨房溜进饭厅……偷立柜里的银器……随后摸进卧室……手拿斧子……露出一副强盗的嘴脸……偷金首饰。……她膝盖发软,背上起了鸡皮疙瘩。

"瓦夏①!"她摇着丈夫的身子说,"瓦西里!瓦西里·普罗科菲奇!哎呀,我的上帝啊,你像是死人!醒一醒,瓦西里,我求求你!"

"啊?"副检察官咕哝一声,吸进一口气去,嘴里发出咀嚼的声音。

"看在造物主的分上,你醒一醒!贼钻进我们厨房里来了!我站在窗前往外瞧,不料有个人爬进窗子来了。他会从厨房溜到饭厅……那儿的立柜里有银汤

---

① 瓦西里的爱称。

匙呐！瓦西里！去年玛芙拉·叶果罗芙娜家里也有贼像这样溜进去过。"

"你……谁？"

"上帝啊，他没听见！可是你要明白，呆子，我刚才瞧见有个人爬进我们厨房来了！彼拉盖雅会吓坏的，而且……而且立柜里有银器啊！"

"胡扯！"

"瓦西里，这真叫人忍无可忍！我跟你讲危险，你却只顾睡觉，哼哼哈哈！你究竟要怎么样？你要人家把我们偷光，再杀死我们？"

副检察官慢腾腾地爬起来，在床边坐下，弄得空中满是响亮的呵欠声。

"鬼才知道你们这班人是怎么回事！"他抱怨说，"莫非夜里都不让人消停？为一丁点小事就把人吵醒！"

"可是我对你赌咒，瓦西里，我确实看见一个人爬进窗子来了！"

"哦,那又怎么样?要爬就让他爬吧。……这大概是彼拉盖雅的消防队员来找她。"

"什么?你说什么?"

"我说这是消防队员来找彼拉盖雅。"

"那就更糟!"玛丽雅·米海洛芙娜叫道,"这比贼还坏!我不能容忍我家里有这种厚颜无耻的事!"

"哎哟,这种美德可真是少见。……'我不能容忍厚颜无耻的事。'……可是难道这算是厚颜无耻?何必乱用外来语①呢?这种事,我的小母亲,是古来就有,相沿成习了。做消防队员的,本来就常找厨娘相好。"

"不行,瓦西里!可见你不了解我!我不能容许我家里发生这种……这种事。……请你马上就到厨房去吩咐他滚蛋!你马上就去!明天我会对彼拉盖雅说,叫她不要放肆,不许她再干这样的事!等我死了,

---

① 原文是"динизм",在俄语中,此词来自希腊语 kynismos。

你们自管容许家里发生这种无耻的事,现在我可不许你们胡来。请走一趟!"

"见鬼……"加京懊恼地嘟哝说,"哎,你用你那妇道人家的小脑筋好好想一想:我何苦跑到那儿去呢?"

"瓦西里,我马上就要昏倒了!"

加京吐口唾沫,穿上拖鞋,又吐口唾沫,就往厨房走去。一路上黑得就跟在封口的大木桶里一样,副检察官不得不摸索着走。在路上他摸到儿童室的门口,叫醒保姆。

"瓦西里莎,"他说,"昨天傍晚你把我的长袍拿去刷了,放在哪儿了?"

"我把它,老爷,交给彼拉盖雅去刷了。"

"这还成个什么章法?拿倒拿走了,可又不放回原处。……现在只好不穿长袍四处逛荡!"

他走进厨房,往放锅的搁板走去,厨娘就睡在搁板下面一口箱子上。

"彼拉盖雅!"他摸到她的肩膀,推一下说,"你!

彼拉盖雅!喂,你装佯干什么?反正你也没睡着!刚才是谁爬进窗子找你来着?"

"嗯!……您好!爬进窗子来!谁爬进来了?"

"可是你……别蒙哄人了!你还是叫你那个混蛋趁早走掉的好。听见没有?这儿没有他的事干!"

"您疯了,老爷?这话是从哪儿说起啊。……哪有这样的蠢娘们儿。……我整天价累得要命,东奔西跑,一刻也不得消停,可是到晚上还要听这种数落。我一个月只挣四卢布……茶叶和糖都要我自己出钱买,可是除了这种话以外,谁也不好好待承你。……从前我在商人家里干活,就没受过这种气。"

"得了,得了……用不着发牢骚!马上叫你那个撒野的兵离开这儿!听见了吗?"

"您造孽啊,老爷!"彼拉盖雅带着哭音说,"您是知书明礼的老爷……又是贵族,可是您就不明白,要欺负我们是很容易的……反正我们苦命……反正我们的日子悲悲惨惨……"她哭起来,"又没有人给我们撑腰。"

"得了,得了……其实我倒无所谓!这是太太打发我来的。要按我的意思,你就是把个妖精放进窗里来,我也满不在乎。"

副检察官如今所能做的,只有承认他这样质问她不对,然后回到妻子那边去。

"你听我说,彼拉盖雅,"他说,"你把我的长袍拿去刷了。它在哪儿?"

"哎呀,老爷,对不起,我忘了把它放到您的椅子上了。它就挂在炉灶旁边的小钉子上。……"

加京在炉灶旁边摸到长袍,把它穿上,然后吃力地走回卧室去。

玛丽雅·米海洛芙娜看到丈夫走后,就在床上躺下,等他回来。她安静地躺了三分钟光景,可是后来开始提心吊胆了。

"啊,他去得太久了!"她想,"如果那家伙……只是个无耻之徒,倒也罢了,可万一是个贼呢?"

她的想象力又勾勒出一幅画面:丈夫走进乌黑的厨房……一把斧子迎头劈下来……他一声也没吭就死了……地下一摊血。……

五分钟,五分半钟,最后六分钟过去了。……她额头上冒出冷汗来了。

"瓦西里!"她尖叫道,"瓦西里!"

"哎,你喊什么?我就在这儿……"她听见丈夫的说话声和脚步声,"有人要杀你还是怎么的?"

副检察官走到床跟前,在床沿上坐下。

"那儿根本就没有外人,"他说,"你这是一时看花了眼,你这怪人。……你自管放心,你那个傻娘们儿彼拉盖雅就跟她的女主人一样贞洁。你也真是胆小!你这个人啊……"

副检察官就开始讥诮他的妻子。他兴致勃勃,再也不想睡觉了。

"你简直是个胆小鬼!"他笑着说,"你明天还是到大夫那儿去治一下眼花的毛病吧。你神经错乱了!"

"这儿有煤焦油的气味……"妻子说,"煤焦油或者葱一类的气味……白菜汤的气味。"

"嗯,是啊。……空气里是有那么一种气味。……反正我们也睡不着!这样吧,我来点上蜡烛。……我们的火柴在哪儿?我顺便把高等法院检察官的照片拿给你看看。昨天他跟我们告别的时候,送给大家每人一张照片。还亲笔签了名呢。"

加京在墙上擦亮火柴,点上蜡烛。可是他还没来得及迈步离开床前去取照片,身后就传来一声撕裂人心的尖叫。他回头一看,却瞧见他妻子两只大眼睛朝着他看,充满了惊愕、恐惧、震怒。……

"你把你的长袍脱在厨房里了?"她脸色苍白地问。

"什么?"

"你看你身上!"

副检察官瞧一瞧自己,不由得叫一声"哎呀"。原来他肩膀上披着的不是他的长袍,而是消防队员的军大衣。它是怎么跑到他的肩膀上来的?他正思考这个问题,他的妻子却在她的想象里勾出一幅吓人的而且糟糕透顶的新画面:一片幽暗、寂静无声、喁喁私语,等等,等等。……

剧　　本

"巴威尔·瓦西里伊奇①,有一位太太来了,要见您。"路卡通报说,"她已经足足等了一个钟头。……"

巴威尔·瓦西里耶维奇刚刚吃完早饭。一听到那位太太,他就皱起眉头说:

"滚她的!就说我很忙。"

"她,巴威尔·瓦西里伊奇,已经来过五回了。她说很需要跟您见面。……她几乎哭了。"

---

① 巴威尔·瓦西里耶维奇的简称。

父　亲　集

"哼。……那么,好吧,请她到书房去。"

巴威尔·瓦西里耶维奇不慌不忙地穿好上衣,一只手拿着钢笔,一只手拿着书,做出很忙的样子,走进书房。他的客人在那儿等他,那位太太身材高大而丰满,生着又肥又红的脸,戴着眼镜,显得非常高贵,衣服十分考究(裙子里放着四层腰衬①,戴着一顶高帽,帽子上绣着一只火红色的鸟)。她看见主人,就转动脑门底下的眼睛,合起手掌,做出祈求的神态。

"您,当然,不记得我了,"她用高亢的男高音说,分明心情激动,"我……我有幸在赫鲁茨基家里跟您见过面。……我是穆拉希金娜。……"

"啊啊……嗯。……请坐! 有什么事要我效劳吗?"

"您明白,我……我……"太太坐下来,接着说,越发激动了,"您不记得我了。……我是穆拉希金

---

① 19世纪欧洲上层社会妇女垫在腰部,使裙子扩展,借以使体态丰盈的衬垫物。

娜。……您明白,我热烈崇拜您的才能,总是津津有味地读您的作品。……您不要以为我奉承您,求上帝保佑我别这样,我只是对您做了应有的赞扬罢了。……我经常读您的作品,经常!在某种程度上,我自己跟写作生活也并不是全不相干,那就是说,当然……我不敢把我自己叫作作家,不过……蜂房里毕竟也有我的一滴蜜呀。……我前后发表过三篇儿童小说,当然,您没有看过……我还翻译过许多作品,而且……而且我那去世的哥哥为《事业》①写过文章。"

"哦……嗯嗯嗯。……有什么事要我效劳吗?"

"您明白……"穆拉希金娜低下眼睛,脸上泛起红晕,"我知道您的才能……您的见解,巴威尔·瓦西里耶维奇。我想知道您的看法,或者更确切些说……恳求您提出意见。应当对您说明一下,请您原谅我这样

---

① 俄国学术性文艺刊物,1866—1888年在彼得堡出版。——俄文本编者注

说①，我生了一个孩子，也就是写了一个剧本。我在把它送到书报检查官那儿去审查以前，想听一听您的意见。"

穆拉希金娜带着落网的鸟那样的激动神情，急急忙忙在连衣裙里摸索着，拿出一本厚厚的大笔记簿。

巴威尔·瓦西里耶维奇只喜欢自己的作品，别人的作品如果摆在他面前，要他读，要他听，那总会对他产生一种影响，仿佛要他面对着大炮的炮口一样。他看见笔记簿，吓了一跳，赶紧说：

"好，您把它留在这儿……我来看一看吧。"

"巴威尔·瓦西里耶维奇！"穆拉希金娜娇滴滴地说，站起来，合起手掌，做出祈求的样子，"我知道您忙……每分钟在您都是宝贵的，我知道此刻您心里正在说：滚她的。可是……请您费神，让我现在把我的剧本念给您听。……请您发发善心吧！"

---

① 原文为法语。

"我很高兴……"巴威尔·瓦西里耶维奇为难地说,"不过,夫人,我……我有事。……我……我现在就得出门去。"

"巴威尔·瓦西里耶维奇!"夫人哀声叫道,眼睛里含满泪水,"我请您作一点牺牲!我鲁莽,我纠缠不休,可是请您大度包涵吧!明天我就要动身到喀山去了,现在我一心想听听您的意见。请您让我打搅您半个钟头……只要半个钟头就行!我求求您!"

巴威尔·瓦西里耶维奇生性软弱,不会推辞。他觉得这位夫人准备放声痛哭,跪下来,就觉得很窘,张皇失措地嘟哝道:

"好,遵命……我听。……我准备听半个钟头就是。"

穆拉希金娜高兴地叫起来,脱掉帽子,坐下,念起来。她先念听差和女仆正在收拾华丽的客厅,他们冗长地议论小姐安娜·谢尔盖耶芙娜,她在村子里办学校和医院。女仆等到听差走出去后,念了一大段独白,说学问是光明,愚昧是黑暗。然后穆拉希金娜打发听差回到客厅里,让他念一段冗长的独白,说他们的主人,一位将军,不能容忍女儿的信念,准备叫她嫁给一个阔绰的宫中侍从,他认为民众的得救在于彻底的无知。然后仆人下场,小姐本人来了,对观众申明说,她通宵没有入睡,想念穷教师的儿子瓦连青·伊凡诺维奇,他无偿地接济他那有病的父亲。瓦连青学识渊博,可是既不相信友谊,也不相信爱情,他找不到生活目标,只巴望死,所以她,这位小姐,要拯救他。

巴威尔·瓦西里耶维奇听着,苦恼地想念他那长沙发。他恶狠狠地瞧着穆拉希金娜,觉得她的男高音敲着他的耳鼓膜,他什么也没听明白,心里暗想:

"必是鬼把你打发来的。……谁要听你这些胡言乱语!……是啊,你写了剧本为什么就该我倒霉?主啊,她的笔记簿好厚啊!真要命!"

巴威尔·瓦西里耶维奇瞧着两扇窗子之间那块墙壁,那儿挂着一张他妻子的照片。他想起他妻子吩咐他买五俄尺长的带子、一斤干酪、一盒牙粉,带到别墅去。

"带子的样品但愿没有丢掉才好。"他暗想,"我把它塞到哪儿去了?大概在蓝色上衣里。……那些可恶的苍蝇已经把我妻子的照片弄得满是斑斑点点。我得吩咐奥尔迦擦一擦玻璃。……她在念第十二场,可见头一幕快完了。难道这么热的天气,又长着这么一身肉,会有灵感?与其写什么剧本,还不如喝点冷杂拌汤,到地下室去睡一觉的好。……"

"您不认为这段独白长了点吗?"穆拉希金娜抬起眼睛,忽然问道。

巴威尔·瓦西里耶维奇没听那段独白。他慌了,用一种惭愧的声调说(倒好像这段独白不是那位太太写的,而是他自己写的):

"不,不,一点也不长。……很动人。……"

穆拉希金娜快活得满脸放光,继续念道:

安娜　　您已经给分析害苦了。您太早停止了心灵的生活而信任智力了。

瓦连青　心是什么？这是解剖学上的概念。至于大家所说的"感情"这个传统术语,我是不承认的。

安娜　（慌张）那么爱情呢？难道这也是观念的复合的产物？请您老实说一句：您爱过什么人吗？

瓦连青　（痛苦地）我们不要去碰那个还没有愈合的旧伤口吧。（停顿）您在想什么？

安娜　我觉得您不幸。

她念到第十六场,巴威尔·瓦西里耶维奇打了个哈欠,不料他的牙齿无意中发出狗咬住苍蝇的那种声音。这种不成体统的声音吓了他一跳,为了掩盖这种声音,他就装出听得入神的样子。

"这是第十七场。……到底什么时候才能完呀？"他想,"啊,我的上帝！如果这种磨难再继续十分钟,我就要喊救命了。……真受不了！"

可是后来夫人总算念得快了一点,也响一点了,临了她提高喉咙,念道:"幕落。"

巴威尔·瓦西里耶维奇轻松地吁一口气,准备站起来,可是穆拉希金娜立刻翻过一页,继续念道:

> 第二幕。景:村街。右边是学校,左边是医院。医院的台阶上坐着一些男女农民。

"对不起……"巴威尔·瓦西里耶维奇插嘴说,"一共有几幕?"

"五幕。"穆拉希金娜回答说,仿佛害怕听朗诵的人走掉,立刻很快地继续念道:

> 学校的窗子里站着瓦连青,瞧着外面。可以看见舞台深处有些农民拿着自己的家私走进一家小酒店。

如同一个人准备接受死刑、相信没有可能得到赦免似的,巴威尔·瓦西里耶维奇静等她念完,不存一点指望,只是用力不让眼皮合起来,不让脸上失去专心的神情。……至于将来那位夫人总会念完剧本,离开此地,他却觉得非常渺茫,不去想它了。

"特鲁——土——土——土……"他的耳朵里响着穆拉希金娜的声音,"特鲁——土——土……日日日日……"

"我忘记吃苏打了。"他想,"我刚才想什么来着?对了,苏打。……我大概有胃炎。……奇怪,斯米龙斯基成天价灌酒,倒至今没有得胃炎。……窗台上飞来一只鸟儿。是麻雀。……"

巴威尔·瓦西里耶维奇竭力张开沉重得快要合在一起的眼皮,打哈欠极力不张开嘴,眼睛瞧着穆拉希金娜。她在他眼睛里模模糊糊,摇摇晃晃,变成三个头的怪物,而且她的头一直顶到天花板上去了。……

瓦连青　　不,请您让我走。

安娜　　　(惊慌)为什么?

瓦连青　　(旁白)她脸色惨白了。(对她)请您不
　　　　　要逼我解释。我宁可死,也不会让您知

道原因。

安娜　　（顿一顿）您不能走。……

穆拉希金娜开始胀大,越来越大,变成一个巨大的怪物,跟书房里的灰色空气合成一片了。只有她那张活动的嘴还可以看清。随后她又忽然变小,像个瓶子,摇摇晃晃,随着桌子一齐退到房间深处去了。……

瓦连青　　（把安娜搂在怀里）你使我复活了,给我指出了生活目标！你使我焕然一新,好比春雨使得苏醒的大地焕然一新！可是……现在已经迟了,已经迟了！一种折磨我心灵的病痛已经无法医治了！……

巴威尔·瓦西里耶维奇打了一个寒战,暗淡无光的眼睛盯住穆拉希金娜。他呆呆地看了一会儿,仿佛什么也不明白似的。……

第十一场。景同前。男爵,区警察局长、见证人。……

父 亲 集

瓦连青　把我带走吧！

安娜　　我是属于他的！把我也带走！是的,把我也带走！我爱他胜过爱我的生命！

男爵　　安娜·谢尔盖耶芙娜,您忘了,您这样一来就把您的父亲断送了。……

穆拉希金娜又开始胀大。……巴威尔·瓦西里耶维奇凶狠地看看四周,站起来,用不自然的、低沉的声调大叫一声,从桌上拿起一个沉甸甸的镇纸,昏昏沉沉,用尽气力,往穆拉希金娜的头上打去。……

"把我捆起来吧,我把她打死了!"过了一分钟,他对一个跑进来的女仆说。

陪审员们判他无罪,把他释放了。

在旅馆房间里

"您听我说,我的好人!"第四十七号房间的住客,纳霞狄陵娜上校夫人,涨红了脸,唾星四溅地向旅馆老板发作道,"要么您另外给我找个房间,要么我干脆搬出您这个该死的旅馆!这儿成了强盗窝!求上帝饶恕吧,我有好几个成年的女儿,可是这儿一天到晚听见的,全是下流话!这像什么样子?一天到晚老是这样!有时候他满嘴脏话,简直不堪入耳!活像马车夫说的!幸好我那些可怜的女儿什么也没听懂,要不然就只好带着她们一块儿跑到街上去。……现在他就在说话!

您听!"

"我呢,老兄,还知道一件比这更妙的事儿,"一个沙哑的男低音从隔壁房间里传过来,"你记得德鲁日科夫中尉吗?喏,就是那个德鲁日科夫,有一回要猛一下把黄球打到角上洞里去,你知道,他照例把一条腿跷得高高的。① ……忽然间,不知怎么一来,发出嗞啦一响!起初大家以为他把球台上的呢子挑破了,可是定神一看,老兄,原来他那条缝得不怎么结实的裤子全开了绽!他,那个骗子,把腿跷得太高,弄得裤裆里的线缝没一处不裂开。……哈哈哈。偏巧这时候有几个女人在场……其中有那个毛头小伙子奥库陵少尉的老婆。……奥库陵冒火了。……他说:你怎么敢在我老婆面前撒野?紧跟着,你一言我一语地吵起来……我们那班人的脾气你知道!……奥库陵要决斗,派了助手去找德鲁日科夫,可是德鲁日科夫说:'你叫他不要

---

① 指打台球。这个人为了瞄准而向球台俯下身去,跷起腿是为了保持身体平稳。

发傻,告诉他……哈哈哈……告诉他,叫他不要找我决斗,去找给我做裤子的裁缝决斗吧。要知道,这事该怪他嘛!'哈哈哈。……哈哈哈!……"

上校夫人的女儿莉莉雅和米拉本来坐在窗子跟前,用拳头托住胖乎乎的面颊,这时候便低下细小的眼睛,脸红了。

"现在您听见了吧?"纳霞狄陵娜对老板继续说,"这,依您看来,没有什么关系吗?我,先生,是上校夫人!我的丈夫是军事长官!我不容许一个赶马车的几乎当着我的面说出这种下流话!"

"他,太太,不是赶马车的,而是步兵上尉基金。……他是贵族。"

"如果他把他的贵族身份忘得一干二净,讲起话来像马车夫一样,那他就应该得到更大的蔑视!一句话,您不要多讲了,请您费心想想办法吧!"

"可是我能有什么办法呢,太太?不光是您抱怨,大家都在抱怨,可是我能拿他怎么样呢?我到他房间里,开口数落他说:'汉尼拔·伊凡内奇!您敬畏上帝吧!这可丢脸啊!'那他马上朝你的脸抡拳头,说出各式各样的话来:'滚你娘的!'等等。真不像样子!他早晨醒来,对不起,只穿贴身的衣裤,一个劲儿在走廊上溜达。或者,他喝醉了酒,拿起一支手枪来,不管三七二十一,把子弹打进墙里去。他白天死命地灌酒,晚上发疯地打牌。……打完牌又打架。……闹得我都不好意思见房客的面!"

"那您为什么不拒绝那个流氓住在您这儿呢?"

"可是这样的人难道撵得出去吗?他欠下三个月房钱,我们连钱也不要,只求他赏个脸,搬出去算了。……调解法官判决,要他腾房,可是他呢,又是上诉,又是要求撤销原判,这件事就拖下来了。……说不尽的麻烦!主啊!不过话说回来,他是个什么样的人!又年轻,又漂亮,又有才学。……他不喝酒的时候,就再也找不出比他更好的人了。……有一天他没喝酒,给他的父母写信,写了整整一天呢。"

"可怜的父母!"上校夫人叹道。

"那还用说:是可怜呀! 有这么个游手好闲的孩子,难道能愉快吗? 人家又是骂他,又要把他从房间里赶出去,他没有一天不因为闹事而被人告发。真伤脑筋!"

"他那可怜的、不幸的妻子啊!"上校夫人叹道。

"太太,他没有成家。他怎么能娶老婆呢? 他老婆要能保全住脑袋不给打破,就得感谢上帝了。……"

上校夫人从这个墙角走到那个墙角。

"您是说:他没结婚?"

"没结婚,太太。"

上校夫人又从这个墙角走到那个墙角,沉思了一会儿。

"嗯!……没结婚……"她沉思地说,"嗯!……莉莉雅和米拉,你们不要坐在窗子跟前,那儿有穿堂风! 多么可惜! 一个年纪轻轻的人,就这么把自己惯坏了! 这都是什么缘故呢? 就因为没有受到良好的影响!他没有母亲管教。……他没结婚吗?好,那么……就这么办。……劳驾,"上校夫人沉吟一下,声调柔和地继续说,"请您费心到他那儿去一趟,用我的名义要求他,就说……叫他不要再讲那样的话。……您就说,这是上校夫人纳霞狄陵娜要求他的。……您就说她带着几个女儿住在四十七号房间里……她们是从自己的庄园上来的。……"

"是,太太。"

"您就照这么说:上校夫人带着几个女儿。……让他至少来赔个礼嘛。……我们吃过午饭以后总是在家的。哎,米拉,关上窗子!"

"嗨,您,妈妈,叫那个……浪子来干什么呀?"莉莉雅等老板走后,拖长声音说,"居然去请这么一个人来!酒鬼,暴徒,穷光蛋!"

"哎,你不要这么说,我亲爱的①。……你们老是

---

① 原文为法语。

这么说,算了……你们坐好!是啊,不管他是个什么样的人,总还是不应该看轻他。……俗语说得好:哪怕一草一木,对人都有益处。谁知道呢?"上校夫人说,叹口气,操心地端详她的女儿们,"也许你们的命运就要在这儿决定。那你们去换件衣服,说不定会有客人来呢。……"

唉,公众啊!

"够了,我再也不喝酒了!说什么……说什么也不喝了!现在总该明白过来了。应当工作,劳动才对。……你要领薪水,那你就该诚实而热心地工作,本着良心干,牺牲休息和睡眠。你不要无所事事。……你,老兄,已经习惯于白拿薪水,这是不好的……不好的啊。……"

列车长波德佳京对自己进行了一番训诫以后,开始感到一种无法克制的劳动愿望。这时候已经是夜里一点多钟,可是尽管这样,他还是叫醒列车员,跟他们一起到各个车厢里去查票。

"您的……车票!"他叫道,快活地把剪票的钳子捏得嘎吱嘎吱响。

那些睡熟的人笼罩在车厢的昏暗里,惊醒过来,晃着脑袋,拿出车票来。

"您的……车票!"波德佳京对二等客车里一个乘客说,那个人精瘦,露出青筋,身上盖着皮大衣和毯子,四周放着一些枕头。"您的……车票!"

那个青筋嶙嶙的人没有答话。他睡熟了。列车长碰碰他的肩膀,不耐烦地又说一遍:

"您的……车票!"

乘客打了个哆嗦,睁开眼睛,惊吓地瞧着波德佳京。

"什么?谁?啊?"

"我跟您说得明明白白!您的……车票!麻烦您一下!"

"我的上帝啊!"青筋嶙嶙的人做出一副哭丧相,

呻吟道,"主啊,我的上帝啊！我害着风湿病……有三夜没睡觉了,刚才特意服了吗啡,想睡着觉,可是您……却向我要车票！要知道这是残忍,不通人情！要是您知道我多么难于睡着觉,您就不会为这种无聊的事来打搅我。……这是残忍,荒唐！而且您要我的车票干什么用？简直是愚蠢！"

波德佳京暗自思忖他该不该生气,后来决定应该生气。

"您不要在这儿嚷！这儿不是酒馆！"他说。

"酒馆里的人还通人情些……"乘客咳嗽着说,"多承关照,现在我得第二次睡了！说来奇怪,我在国外各处都坐过火车,在那儿谁也没跟我要过票,可是在这儿,仿佛有鬼捅他们的胳膊肘似的,一会儿来查票,一会儿来查票！……"

"哼,如果您喜欢国外,那您就到国外去坐火车好了！"

"这是愚蠢,先生！是的！你们不但用煤炭气、闷热、过堂风折磨人,而且,见鬼,还要用这套官样文章来折腾人。您要查票!嘿,真是热心公务!如果这是认真检查倒也罢了,其实乘客当中倒有一半是无票乘车的!"

"您听着,先生!"波德佳京愤愤地说,"要是您不停止叫嚷,惊动乘客们,那么到下一站我就不得不叫您下车,而且把这件事报官究办!"

"这真岂有此理!"公众愤慨地说,"跟一个病人纠缠不清!您听着,您总得有点同情心才对!"

"可他自己在骂人嘛!"波德佳京胆怯地说,"好吧,我不要票就是。……就照你们的意思办。……不过话说回来,你们知道,我的职务要求我这样做。……要不是职责所在,那么,当然……你们甚至可以去问站长。……随便问什么人都行。……"

波德佳京耸了耸肩膀,从病人身旁走开。他起初感到受了气,有点委屈,可是后来,走过两三个车厢后,他那列车长的胸膛里却开始感到有点不安,类似良心负疚的感觉。

"的确,本来也不必去叫醒病人,"他想,"不过这不能怪我。……他们以为我是闲得没事干,为了寻开心才去查票的,却不知道我的职务要求我这么做。……如果他们不相信,我不妨请站长对他们说明一下。"

车到站了。火车停靠五分钟。在敲第三遍钟以前,波德佳京走进上述的二等客车车厢里。有个头戴红色制帽的站长跟在他身后。

"喏,就是这位先生,"波德佳京开口说,"他说我没有充分的权利向他要票,而且……而且生气了。我请求您,站长先生,给他解释一下,我要求看票是职责所在还是无事生非。先生,"波德佳京对那个青筋嶙嶙的人说,"先生!如果您不相信我的话,那您可以问站长先生。"

病人打了个哆嗦,仿佛被蛇咬了一口似的。他睁开眼睛,做出一脸的哭丧相,把身子靠在长沙发的背上。

"我的上帝啊！我又服了药粉，刚刚睡着，他却又来了……又来了！我求求您，您要有点同情心才是！"

"您可以跟这位站长先生谈谈。……弄清楚我有没有充分的权利查票。"

"这真叫人忍无可忍！喏，给您票！拿去！我再买五张票都成，只求您让我安静地死掉！难道您自己从来也没有生过病吗？这种没心肝的人！"

"这纯粹是耍弄人！"一个穿军服的先生愤慨地说，"要不然，我就不明白你为什么这样纠缠不休！"

"算了吧……"站长拉拉波德佳京的衣袖，皱起眉头说。

波德佳京耸起肩膀，慢腾腾地跟着站长走出去。

"这种人真难伺候！"他大惑不解地暗想，"我特意为他把站长请来，好让他明白这件事，放下心，不料他……张口骂人。"

车又到了一站。火车停靠十分钟。在敲第二遍钟以前,波德佳京站在小卖部里喝矿泉水,有两个先生走到他跟前来,一个穿着工程师的制服,一个穿着军大衣。

"您听着,列车长!"工程师对波德佳京说,"您对待那个有病的乘客的行为,引起一切目睹者的公愤。我是工程师普齐茨基,这位是……上校先生。如果您不对那个乘客道歉,我们就要告到交通局长那儿去,我们两个人都认识他。"

"两位先生,要知道我……要知道你们……"波德佳京慌张地说。

"您不必对我们做什么解释。不过我们要警告您,如果您不道歉,我们就要着手保护那个乘客。"

"好,我……我,也行,我道歉就是。……遵命。……"

过了半个钟头,波德佳京想妥道歉的话,既能使乘客满意,又不致降低自己的身份,于是他走到那个车厢里。

"先生!"他对病人说,"您听着,先生!"

病人打了个哆嗦,跳起来。

"什么?"

"我……那个……该怎么说呢?……您不要生气。……"

"哎呀……拿水来……"病人抓住自己的胸口,上气不接下气地说,"我已经第三次服了吗啡药粉,刚刚睡着,不料……又来了! 上帝啊,这种磨难究竟什么时候才能了结啊?"

"我,那个……请您原谅我。……"

"您听我说。……到下一站您就叫我下车。……我再也受不住了。……我……我要死了。……"

"这是卑鄙,可恶!"公众愤慨地说,"请您出去! 您这样耍弄人,是逃不脱报应的! 出去!"

波德佳京不住地摇手,叹气,从车厢里走出去。他走进公务车,有气无力地挨着桌子坐下,诉苦说:

"唉,公众啊! 他们可真难伺候! 看你怎么服务,工作！不管你愿意不愿意，你只好把什么事都丢开，喝起酒来。……你什么事也不干，他们生气，等到你动手干起来，他们也还是生气。……喝吧！"

波德佳京一口气喝下一小瓶酒，再也不去考虑劳动、责任、诚实了。

演 说 家

一天早晨,风和日丽,八等文官基利尔·伊凡诺维奇·瓦维洛诺夫下葬,这个人死于我国广泛流行的两种病:老婆太凶,喝酒过多。等到送殡的行列从教堂往墓园走去,死者的一个同事,姓波普拉夫斯基的,就坐上出租马车,赶紧到他那虽然年轻却已经颇有名气的朋友格利果利·彼得罗维奇·扎波依金家去。扎波依金,正如许多读者知道的,具有罕见的才能,善于在婚礼上、纪念会上、葬礼上发表即席演说。他随便什么时候都能讲话:半睡半醒也行,空着肚子也行,酩酊大醉也行,发着高烧也行。他的演说总是平稳流畅,像是排水管里的流水,滔滔不绝。他那演说词汇里动人心弦的字眼远比随便哪家小饭铺里的蟑螂要多。他演说素来动听而冗长,因此有的时候,特别是在商人的婚礼上,为了制止他讲下去,只好找警察来帮忙了。

"我来找你,老兄!"波普拉夫斯基发现他在家,就开口说,"你马上穿好衣服,我们一块儿走。我们有个同事死了,现在正把他打发到另一个世界去,所以,老兄,在告别之际就非说些废话不可。……全部希望都寄托在你身上了。要是死了一个小人物,我们倒不会来麻烦你,可现在这人是个秘书……在某种意义上说,是衙门里的栋梁呢。给这么一个大人物下葬而不发表演说,那可是欠妥的。"

"哦,秘书!"扎波依金打呵欠说,"就是那个酒鬼吧?"

"对,酒鬼。这回有油饼吃,有冷荤菜吃……你还会领到车马费呢。我们走吧,亲爱的!你到了坟墓上,像西塞罗①那样海阔天空地胡扯一通,大家都会感激不尽的!"

扎波依金欣然同意了。他把头发弄乱,脸上做出愁苦的神情,跟波普拉夫斯基一块儿走到街上。

"我认识你们那个秘书,"他在出租马车上坐下,说,"老奸巨猾,骗子,祝他升天堂吧,那样的人真是少有。"

"得了,格利沙②,辱骂死人可不合适。"

"当然了,aut mortuis nihil bene③,不过他毕竟是个滑头。"

两个朋友追上送殡的行列,插进去。人们抬着死人走得很慢,因此他们在到达墓园以前居然有工夫三次跑进饭铺,为死人灵魂的安息喝上一小杯酒。

---

① 西塞罗(前106—前43),古罗马演说家、政治家、作家。
② 格利果利的爱称。
③ 说错了的拉丁语警句,应是 de mortuis aut bene aut nihil:关于死人,要么什么话也不说,要么说好话。——俄文本编者注

在墓园里做了安魂祈祷。死人的岳母、妻子、姨妹按照风俗流了许多眼泪。临到棺材放进墓穴,妻子甚至叫道:"把我也放到他身边去吧!"不过她总算没有随着丈夫跳进坟墓,大概是想起了抚恤金吧。等到大家安静下来,扎波依金就走到前边,对大家扫一眼,开口说:

"我能相信我的眼睛和耳朵吗?这口棺材、这些泪痕斑斑的脸、这些呻吟和哭号,岂不是一场噩梦!唉,这不是梦哟,我们的视觉并没有欺骗我们!这个人,不久以前我们还见到过,本来那么活泼,朝气蓬勃,纯洁,这个人不久以前还站在我们眼前,好比不知疲倦的蜜蜂,把自己的蜜送进国家福利的总蜂房里,这个人……这个人如今却变成一堆骸骨和物质的幻景了。无情的死神对他伸出了僵硬的手,而他尽管到了驼背的年龄,却还精力充沛,充满灿烂的希望。不可弥补的损失啊!对我们来说,谁能代替他呀?优秀的官吏我们有很多,然而普罗科菲·奥西培奇却可以说是独一无二的。他直到灵魂深处都忠于他诚实的职责,不吝惜自己的力量,通宵不睡,毫无私心,不收贿赂。……对那些为损害公共利益而极力收买他的人,对那些用诱人的生活福利勾引他背弃职责的人,他是何等藐视啊!是的,我们亲眼见到普罗科菲·奥西培奇把菲薄的薪金散给最穷的同事,现在你们亲自听到了靠他周济活着的孤儿寡妇的痛哭声。他把全部精力都用在公务和好事上了,没有领略过生活的欢乐,甚至放弃了家庭生活的幸福,你们知道,他至死一直是单身汉!作为我们的同事,谁能代替他呢?我现在好像看见那张刮光胡子、温情脉脉的脸对我们现出好意的笑容,我现在好像听见他那柔和亲热的声调了。愿你的骸骨安宁,普罗科菲·奥西培奇!安息吧,正直高尚的劳动者!"

扎波依金继续讲下去,可是听众却开始议论纷纷。他的演说倒使得大家满意,而且博得了一些眼泪,可是演说中有许多话却显得奇怪。第一,使人不可理解的

父 亲 集

是演说家何以把死者称为普罗科菲·奥西波维奇①,因为死者名叫基利尔·伊凡诺维奇。第二,人人都知道死者一辈子跟他那合法的妻子吵架,因而不能说是单身汉。第三,他蓄着浓密的棕红色胡子,从来也不刮脸,因此谁都不明白演说家为什么把他的脸说成刮光了胡子。听众心里纳闷,面面相觑,耸动肩膀。

"普罗科菲·奥西培奇啊!"演说家瞧着墓穴,热情洋溢地说,"你的脸不漂亮,甚至难看,你阴沉而严峻,不过我们都知道,在肉眼看得见的躯壳里,却跳动着一颗诚实友爱的心啊!"

不久,听众就开始发现,连演说家自己也起了奇怪的变化。他定睛瞧着一个地方,不安地扭动身子,自己也耸动肩膀了。忽然他停住口,惊讶地张开嘴,回转身去对波普拉夫斯基说话。

"你听我说,他活了!"他惊恐地瞪起眼睛说。

---

① 上文普罗科菲·奥西培奇是普罗科菲·奥西波维奇的简称。

"谁活了?"

"就是普罗科菲·奥西培奇呀!喏,他站在墓碑旁边呢!"

"他本来就没死!死的是基利尔·伊凡内奇①嘛!"

"可是要知道,你自己说你们的秘书死了!"

"基利尔·伊凡内奇才是我们的秘书。你这个怪人弄错了!普罗科菲·奥西培奇以前做过我们的秘书,这是实在的,可是两年前他已经调到第二科去做科长了。"

"啊,魔鬼才闹得清你们在搞什么名堂!"

"可是你怎么停住嘴不讲了?讲下去啊,不讲可不合适!"

扎波依金回转身去对着坟墓,施展他先前的口才把中断的演说继续下去。墓碑旁边果然站着年老的文

---

① 基利尔·伊凡诺维奇的简称。

官普罗科菲·奥西培奇,脸上没留胡子。他瞧着演说家,生气地皱起眉头。

"你这是何苦!"文官们行完葬礼,跟扎波依金一块儿走回去,笑着说,"把个活人埋葬了。"

"这可不好啊,年轻人!"普罗科菲·奥西培奇抱怨说,"您的演说对死人也许合用,可是用在活人身上简直成了嘲笑!求上帝怜恤我们吧,您都说了些什么呀?什么毫无私心啦,不被收买啦,不收贿赂啦!要知道,用这种话讲活人,只有在讥诮的时候才说,先生。再者,谁也没有请您,先生,宣扬我的脸。什么不漂亮啦,难看啦,就算是这样吧,可是何必当着众人的面出我的丑呢?真可气,先生!"

在墓园里

"他的玩弄刀笔的手段,颠倒黑白的雄辩,现在都到哪儿去了?"

哈姆雷特①

"诸位先生,起风了,天色已经黑下来。我们趁早回去吧?"

风吹动老桦树枯黄的叶子,叶子上大颗水珠纷纷

---

① 引自英国剧作家莎士比亚的悲剧《哈姆雷特》。

落在我们身上。我们当中有人在黏土地上滑了一下,为了不致摔跤,就伸出手去抓住一个灰色的大十字架。

"'九等文官与勋章获得者叶果尔·格俩兹诺鲁科夫……'"他念道,"我认识这位先生。……他爱他的妻子,经常戴着斯坦尼斯拉夫勋章,书报一概不看。……他肠胃消化良好。……日子不是过得挺好吗?看样子似乎不该死,可是,唉!天有不测风云,人有旦夕祸福。……这个可怜人素来喜爱观察,不料因此受了害。有一次他正偷听,可是人家一关房门,房门正好撞在他头上,他就此得了脑震荡(而他是有脑子的),死了。还有这儿,这块墓碑底下躺着个人,从小就痛恨诗句和墓志铭。……如今仿佛嘲弄他似的,整个墓碑上都刻满诗句。……有人来了!"

这时候有个身穿旧大衣的人走到我们这边来,脸上没有胡子,脸色红里透青。他胳肢窝底下夹着一瓶酒,口袋里露出一个纸包,包着腊肠。

"演员穆希金的坟墓在哪儿?"他用沙哑的声调问

我们。

我们领他到演员穆希金的坟上去,那演员是在两年前去世的。

"您是文官吧?"我们问他说。

"不,先生,我是演员。……如今演员和正教管区监督局的官员很难分得清楚。这一点您倒看得很准。……这是颇有特色的,然而这对文官来说可就不大光彩了。"

我们好不容易才找到演员穆希金的坟墓。那坟墓已经坍下去,长满杂草,失去坟墓的样子了。……那儿插着个廉价的小十字架,向一边歪着,布满绿色的青苔,而青苔已经冻得发黑。看上去,十字架显得衰老而沮丧,好像得了病似的。

"'……被忘却的朋友穆希金'……"我们念道。

光阴抹掉了这前面的"不会"两个字,倒纠正了人们的谎言。

"以前演员们和记者们募集过一笔钱为他立墓碑

用,后来……他们却喝掉了那笔钱,那些可爱的人啊……"演员叹道,跪下去叩头,膝盖和帽子碰到了潮湿的土地。

"可是怎么喝掉了呢?"

"很简单。他们把钱收齐,在报上登一条消息,然后就把钱买酒喝掉了。……我说这话倒不是指责他们,而是随便说说的。……你们就喝个痛快吧,天使们!对你们来说是畅饮一番,对他呢,也不失为永恒的悼念。"

"灌酒对健康不利,而永恒的悼念却无非是悲愁。求上帝保佑我们只有暂时的悼念吧,讲到永恒的悼念,那可受不了!"

"您这话说得对,先生。要知道,当初穆希金是名演员,棺材后面的花圈有十个之多,可是现在他却给人忘掉了!凡是他亲近过的人,都忘记他了,倒是那些受过他害的人,还都记得他。比方我,就一辈子也忘不了他,因为我从他那儿没得着别的,光是害处。我不喜欢这个去世的人。"

"可是您受过他什么害呢?"

"害处大得很呀,"演员叹道,他脸上露出沉痛的委屈神情,"对我来说,他是恶棍和强盗,祝他升天堂吧。我是因为看他的样,听他的话才做演员的。他用艺术引诱我,害得我从父母家里私自逃出来。他用演员的浮华生活诱惑我,对我应许许多好东西,可是给我的却是眼泪和悲伤。……演员的命运是辛酸的!我既失去青春,又失去滴酒不尝的习惯,还失去了神的形象①。……我身边一文钱也没有,鞋跟踩歪,裤子破破烂烂,打了补丁,我的脸像是被狗咬过的一样。……我头脑里满是放纵的思想和糊涂的念头。……他还夺去我的信仰,我那坏蛋!要是我有才能,倒还罢了,其实我一点才能也没有,白白地毁了自己。……天好冷啊,诸位可敬的先生。……想喝点酒吗?够大家喝

---

① 意谓"不像人样"。按基督教传说,神按照神的形象创造了人,见《旧约·创世记》。

的。……真冷啊。……我们来为死者的安息干一杯吧!我虽然不喜欢他,他虽然已经死了,可是在这个世界上我毕竟只有他这么一个亲人,只有这么一个。我这是最后一次来看他。……大夫说,我由于酗酒,不久就要死了,所以我来向他告别。应当宽恕仇人才对。"

我们留下演员,让他跟亡故的穆希金去谈话,我们自己往前走去。天上开始飘下冷冰冰的细雨。

我们转过弯去,走上一条铺着石子的大林荫道,遇上一个送殡的行列。四个抬棺材的人拦腰系着白布腰带,脚上穿着粘了污泥和树叶的靴子,抬着一口棕色的棺材。天色黑下来,他们匆忙地走着,磕磕绊绊,轻微地摇晃他们抬着的东西。……

"我们在这儿只溜达了两个钟头,可是我们已经看到这是抬来的第三口棺材了。……该回家去了吧,诸位先生?"

圣 彼 得 节①

这个日子使人望眼欲穿,很久以来就连做梦都梦见,现在终于露出曙光了,六月二十九日终于来临了,猎人先生们万岁!! ……这个使人忘却债务、虫豸、昂贵的伙食、丈母娘以及年轻的妻子们的日子,这个对禁止狩猎的乡村警察先生不妨做二十次鬼脸以示轻蔑的日子,终于来临了。……

天空的繁星,颜色发白,开始黯淡。……有些地方

---

① 基督教节日,在俄旧历6月29日。按俄国习俗,狩猎的季节从这一天开始。

响起了说话声。……从乡间烟囱里冒出刺鼻的蓝灰色浓烟。……灰白色钟楼上出现一个还没完全睡醒的教堂工友,敲响大钟,召唤人们去做弥撒。……守夜人躺在树底下,伸开四肢,发出鼾声。松雀纷纷醒来,蹦蹦跳跳,从园子这头飞到那头,叫出一片谁也受不了的、惹人厌烦的啾啾声。……金莺在乌荆子的灌木丛中唱起来。……椋鸟和戴胜鸟在仆人下房上面喊喊喳喳地叫。一场不收费的清晨音乐会开始了。……

两辆三套马的马车驶到退役的近卫军骑兵少尉叶果尔·叶果雷奇·奥勃捷木彼兰斯基的房子门廊跟前。门廊东倒西歪,两旁长满带刺的荨麻,像画里一样。房子里和院子里掀起轩然大波。所有的活人都在叶果尔·叶果雷奇四周走来走去,东奔西跑,所有的楼梯上、堆房里、马棚里都响起脚步声。……有一匹辕马从车上换下来。马车夫们的帽子从头顶上掉下地。跟班的听差卡特金把射出红光的提灯举到鼻子底下。厨娘们让人骂做"死尸"。恶魔和他的小鬼的名字满天飞。……不出五分钟,两辆旅行马车就装满毯子、车毯、食品袋、枪套等。

"准备停当了,老爷!"阿瓦库木用男低音喊道。

"请吧!准备停当了!"叶果尔·叶果雷奇用悦耳的声调喊道。接着门廊上出现一大群人。头一个跳上车的是年轻的医生。随后,阿尔汉格尔斯克城的小市民库兹玛·包尔瓦登上车,这人是个小老头,脚上穿着平底皮靴,头上戴着棕红色高礼帽,身后背着二十五磅重的双筒枪,脖子上生着黄绿色斑点。包尔瓦是平民,然而地主先生们尊重他的高龄(他是上个世纪末诞生的①),佩服他本领高强,一枪能打中丢到半空中的二十戈比银币,就不嫌弃他的平民身份,带着他一块儿去打猎了。

"请,大人!"叶果尔·叶果雷奇对一个白发苍苍的矮胖子说,这人穿着白色军服,纽扣发亮,脖子上套

---

① 这篇小说写于1880年,因此下文说他九十岁。

着安娜十字勋章,"您略微挪动一下,大夫!"

这个退役的将军噙了噙喉咙,伸出一只脚去踩在踏板上,由叶果尔·叶果雷奇搀上车去。他用肚子顶一下医生,在包尔瓦身旁沉甸甸地坐下去。将军的小狗白费劲和叶果尔·叶果雷奇的猎狗音乐家跟在将军后面也跳上车去。

"嗯……那个,小伙子……万尼亚!"将军对他的外甥说,那人是个年轻的中学生,背上背着很长的单筒枪,"你可以坐在这儿,就在我旁边。你上这儿来!对。……就是这儿。别淘气了,我的朋友!马可能受惊呢!"

万尼亚再一次对着辕马鼻子喷一口他嘴里的烟雾,就跳上旅行马车,把包尔瓦从将军身旁挤开,转一个身,坐下。叶果尔·叶果雷奇在胸前画个十字,挨着医生坐下。万尼亚的中学校里又高又瘦的数理教员曼热先生,登上赶车的座位,同阿瓦库木坐在一起。

头一辆旅行马车坐满人了。第二辆旅行马车开始装人。

"都坐好了!"叶果尔·叶果雷奇看见其余的八个人和三条狗在第二辆马车周围和附近经过长久的争执和奔跑以后终于坐上车,就叫道。

"都坐好了!"客人们叫道。

"行了吧?那么,就是说,可以动身了吧,大人?主啊,求你赐福吧。赶车,阿瓦库木!"

头一辆马车摇晃一下,离开原地走了。第二辆马车装满最热心的猎人,摇晃一下,死命地吱咕一响,向旁边拐个小弯,抢到头一辆马车前面,往大门口驶去。猎人们不约而同地微微一笑,高兴得拍起手来。大家都感到仿佛到了七重天上,然而……恶毒的命运啊!……他们还没来得及走出院子,就出乱子了。……

"停车! 等一下! 停车!!!"从两辆三套马的马车后边传来尖声的男高音。

猎人们回头一看,顿时脸色煞白。原来马车后面追来一个全世界最难缠的人,全省闻名的爱闹事的家伙,就是叶果尔·叶果雷奇的哥哥,退役的海军中校米海·叶果雷奇。……他拼命挥动胳膊。马车停住了。

"你要干什么?"叶果尔·叶果雷奇问。

米海·叶果雷奇跑到马车跟前,登上踏板,对叶果尔·叶果雷奇抡拳头。猎人们嚷起来。

"这是怎么回事?"涨红脸的叶果尔·叶果雷奇问。

"是这么回事,"米海·叶果雷奇嚷起来,"你是犹大,是畜生,是猪猡!……他是头猪,大人!你为什么不叫醒我?为什么你不叫醒我,蠢驴,我问你,可恶的坏蛋?对不起,诸位先生。……我没什么。……我只是要教训他一下!你为什么不叫醒我?你不愿意带我去?我碍你的事?他昨天傍晚故意灌我不少酒,当是我今天会睡到十二点钟才醒!好小子!对不起,大人。……我只是想给他……一个嘴巴子。……对不起!"

"您上这儿来干什么?"将军叫道,摊开两只手,"莫非您没看见这儿没有空位子吗?您也未免太……

对不起……"

"你用不着骂人,米海!"叶果尔·叶果雷奇说,"我没叫醒你是因为你没有必要跟我们一块儿去。……你又不会放枪。那你去干什么?去捣乱?反正你不会放枪嘛。"

"我不会?我不会放枪?"米海·叶果雷奇喊得那么响,连包尔瓦都捂住耳朵了,"不过,既是这样,大夫去干什么?他也不会放枪!他比我会放吗?"

"他说的对,诸位先生!"医生说,"我是不会放枪,我连枪都不会拿。……我听见枪声就受不了。……我不知道你们为什么把我带去。……何苦呢?让他坐我的位子吧!我不去了。这儿有空位子,米海·叶果雷奇!"

"听见没有?听见没有?你干吗要把他带去?"

医生站起来,分明打算下车。叶果尔·叶果雷奇揪住医生的衣襟,拉他坐下。

"可是……别扯破我的上衣!这件衣服值三十卢

布呢。……您放我走吧!总之,诸位先生,我请你们今天不要跟我谈话。……我心绪不好,我会干出自己也不乐意干的扫兴事来。放我走,叶果尔·叶果雷奇!您坐到我的位子上来,米海·叶果雷奇!我要去睡觉了!"

"您非去不可,大夫!"叶果尔·叶果雷奇说,没有松开他的衣襟,"您保证过您一定去的!"

"那是被逼无奈才做的保证。您何苦要我去,何苦呢?"

"这里头有个缘故,"米海·叶果雷奇逼尖喉咙叫起来,"他是要您别留下来跟他老婆在一起!缘故就在这儿!他吃您的醋呢,大夫!您别去,好朋友!您偏不去!他吃醋,真的吃醋了!"

叶果尔·叶果雷奇脸涨得通红,捏紧拳头。

"喂,我跟你们说呀!"另一辆旅行马车上有人叫道,"米海·叶果雷奇,您胡扯得够了!上这儿来吧,这儿有位子!"

米海·叶果雷奇冷笑一下。

"怎么样,鲨鱼?"他说,"谁赢了?你听见没有?有位子!我偏要去!我就是要去捣乱!我凭我的名誉担保,我一定捣乱!反正你不能把我怎么样!您呢,大夫,别去了。让他这个醋罐子活活气炸了才好。"

叶果尔·叶果雷奇站起来,摇拳头。他的眼睛都红了。

"坏蛋!"他对哥哥说,"你算不得我的哥哥!怪不得去世的母亲诅咒过你!爸爸就是在壮年时代给你这种不道德的行径活活气死的!"

"诸位先生……"将军出面干涉说,"我看……闹得也够了。你们是兄弟,亲兄弟啊!"

"他是亲驴子,大人,不是什么亲兄弟!您不要去,大夫!不要去!"

"车该走了,见你们的鬼。……哎哎。……鬼才知道是怎么回事!动身吧!"将军叫道,用拳头捶阿瓦库木的后背,"赶车!"

父 亲 集

阿瓦库木扬鞭打马,这辆三套马的马车就朝前走了。第二辆旅行马车上有个作家,就是卡尔达莫诺夫上尉,他把两条狗抱过来,放在膝头上,让气冲冲的米海·叶果雷奇在它们的位子上坐下。

"算他走运,有空位子!"米海·叶果雷奇在马车上坐下说,"要不然,我就要给他点颜色看看。……您把这个强盗描写一下吧,卡尔达莫诺夫!"

卡尔达莫诺夫去年寄给《田地》杂志一篇文章,题目是《农民人口中一产多胎的趣闻》,后来在《邮箱》里读到了对作者的自尊心颇不愉快的答复①,就向邻居们发牢骚,从此他就以作家闻名了。

按照事先拟定的行动计划,大家决定先到叶果尔·叶果雷奇庄园七俄里外农民的割草场上去打鹌鹑。猎人们来到割草场,下了马车,分成两伙。一伙由将军和叶果尔·叶果雷奇带领往右边走,另一伙由卡

---

① 指杂志主编在杂志所设的《邮箱》专栏里通知投稿人"尊稿不拟刊登"。

尔达莫诺夫带领往左边走。包尔瓦留下来,独自一人走。他在打猎的时候喜欢安静和沉默。音乐家汪汪叫着往前跑,过一分钟,就把鹌鹑惊得飞起来了。万尼亚放了一枪,可是没打中。

"我把枪举高了,见鬼!"他嘟哝说。

小狗白费劲是带来"实习打猎"的。它生平第一次听见枪声,就汪汪地叫起来,然后夹着尾巴跑到马车跟前去了。曼热开枪打百灵鸟,打中了。

"我就喜欢这种小鸟!"他把那只百灵鸟拿给医师看,说。

"您走开……"医生说,"总之,我请您不要跟我谈话。……我今天心绪不好。请您离我远远的!"

"您是怀疑主义者,大夫。"

"我吗?哦。……可是怀疑主义者是什么意思?"

曼热沉思一下。

"怀疑主义者是这样一种人……这样一种人……这种人什么也不喜欢。"他说。

"胡说。您别用那些您自己也不懂的字眼。请您离我远远的！我会干出连自己也不愿意干的扫兴事来。……我心绪不好。……"

音乐家站住不动,摆出发现猎物的架式。将军和叶果尔·叶果雷奇脸色发白,屏住呼吸。

"我来开枪!"将军小声说,"我……我……对不起!您已经开过一次枪了。……"

然而音乐家发现猎物而作的架势却遭到了破坏。医师因为无事可做,闲得慌,拾起一块小石头往音乐家身上扔过去,正好打在它两只耳朵之间。……音乐家尖叫一声,往上一跳。将军和叶果尔·叶果雷奇往四下里看一眼。草丛里响起沙沙声,一只肥大的草原鹬飞起来。第二伙人又嚷又叫,纷纷指着草原鹬。将军、曼热、万尼亚都举枪瞄准。万尼亚放一枪,曼热的枪不发火。……已经迟了! 草原鹬飞到山冈那一边,落到黑麦地里去了。

"我看,大夫……现在可不是开玩笑的时候!"将军转过身来对医师说,"这不是时候,先生!"

"啊?"

"现在不是开玩笑的时候!"

"我没开玩笑啊。"

"真不应当,大夫!"叶果尔·叶果雷奇说。

"你们本来不该带我来嘛。……谁请你们带我来的?不过……我也不想解释了。……我今天心绪不好。……"

曼热又打死一只百灵鸟。万尼亚惊起一只小白嘴鸦,开一枪而没打中。

"我把枪举高了,见鬼!"他嘟哝说。

空中响起连发两枪的声音:原来包尔瓦在山冈后面用沉重的双筒枪打死了两只鹌鹑,放进口袋里。叶果尔·叶果雷奇惊起一只鹌鹑,开一枪。那只雌鹌鹑受了伤,落到草丛里。得意扬扬的叶果尔·叶果雷奇把它拾起来,拿到将军跟前。

"我打中了它的小翅膀,大人! 还活着呢!"

父　亲　集

"嗯,是啊。……它还活着。……那得叫它快点死掉。"

将军说完,把雌鹌鹑拿到嘴边,用犬齿咬断它的喉咙。曼热打死第三只百灵鸟。音乐家又摆出发现猎物的架势。将军脱掉头上的军帽,举起枪来瞄准。……"抓住它!"①一只大鹌鹑飞起来,然而……可恶的医生偏巧站在射击范围内,几乎挡住枪口。

"走开!"将军叫道。

医生跳到一旁去,将军就放一枪,可是,不消说,猎枪的霰弹去迟了。

"这简直是卑鄙,年轻人!"将军喊道。

"怎么了?"医生问。

"您捣乱! 是鬼请您来捣乱的! 多承您帮忙,我才没打中! 鬼才知道这是怎么回事,糟透了!"

"可是您嚷什么? 哼……我才不怕呢! 我不怕将

---

①　猎人叫狗捕捉猎物的用语。

军,大人,特别是不怕退役的将军。请您小点声,劳驾!"

"真是个怪人!走来走去,捣一下乱,走来走去,又捣一下乱,这是连天使也忍不下去的!"

"您别嚷,劳驾,将军!您要嚷就去对曼热嚷!顺便说一句,他怕将军。高明的猎人是谁也捣不了乱的。您还不如说您不会放枪的好!"

"够了,先生!我说了您一句,您却顶了我十句。……万尼亚,把弹药盒拿到这儿来!"将军转过身去对万尼亚说。

"为什么你把这个大老粗约来打猎?"医生问叶果尔·叶果雷奇说。

"没法子啊,老兄!"叶果尔·叶果雷奇回答说,"不带他来不行。要知道,我欠着他那个……八千呢。……嘻嘻嘻,老兄!要不是这些该死的债务……"

叶果尔·叶果雷奇没说完,摇一下手。

"你真的吃醋吗?"

父亲集

叶果尔·叶果雷奇转过身去,举起枪来瞄准一只在高处飞翔的鹞鹰。

"你把它弄丢了,吃奶的娃娃!"这时候响起将军雷鸣般的声音,"你把它弄丢了!它值一百卢布呢,猪崽子!"

叶果尔·叶果雷奇走到将军跟前,问一下出了什么事。原来万尼亚把将军的弹药盒弄丢了。大家开始寻找弹药盒,打猎就中断了。这次寻找持续一个钟头零一刻钟,结果总算找到了。猎人们找到弹药盒以后,就坐下来休息。

第二伙人打鹌鹑也不大顺利。在这伙人当中,米海·叶果雷奇所起的作用同第一伙人当中的医生差不多,甚至更坏些。他打落人家手里的枪支,骂人,打狗,撒掉火药,一句话,干了些鬼才知道的事。……卡尔达莫诺夫开枪打鹌鹑,打了一阵不顺手,就带着他的狗去追一只小鹞鹰。鹞鹰受了枪伤,可是他没找到。海军中校倒用石头砸死一只黄鼠。

"诸位先生,来解剖这只黄鼠吧!"首席贵族的文牍员涅克利契赫沃斯托夫提议道。

猎人们就在草地上坐下,取出小折刀来,动手解剖。

"我在这只黄鼠身上什么也没找到,"涅克利契赫沃斯托夫看到黄鼠已经切成许多小碎块,就说,"连心脏都没有。肠子倒是有的。听我说,诸位先生!我们到沼泽那边去吧!我们在这儿有什么可打的呢?鹌鹑又算不得什么野禽。要能打着山鹬和田鹬就好了。……啊?我们去吧!"

猎人们就站起来,懒洋洋地往马车那边走去。他们走到马车附近,看见一群家鸽,就一齐开枪,打死了一只。

"大人……叶果尔·叶果雷奇!大……叶果……"第二伙人瞧见头一伙人在休息,喊道,"喂,喂!"

将军和叶果尔·叶果雷奇回过头来看。第二伙人摇着帽子。

"干什么?"叶果尔·叶果雷奇叫道。

"有事啊!我们打死了一只野雁!快到这儿来!"

第一伙人不相信打死了野雁,不过还是往旅行马车那边走去。猎人们登上马车,决定不再打鹌鹑,按照原定的行程坐车再走五俄里,到沼泽地带去。

"我遇上打猎,脾气就暴躁极了,"将军等到马车离开割草场,走出两俄里光景以后,对医生说,"暴躁极了!就连对亲爹,我也会毫不留情。您务必那个……原谅我这个老人!"

"嗯。……"

"他变成多么和善的人了,坏包!"叶果尔·叶果雷奇凑着医生的耳朵小声说,"这是因为如今流行一种风气,大家都愿意把女儿嫁给大夫!这位大人可真狡猾呢!嘻嘻嘻。……"

"车上显得空点了!"万尼亚说。

"是啊。"

"这是什么缘故?真是空极了。"

"诸位先生,包尔瓦在哪儿?"曼热发现包尔瓦不在,说。

猎人们面面相觑。

"包尔瓦上哪儿去了?"曼热又说一遍。

"一定是在那辆马车上。诸位先生,"叶果尔·叶果雷奇喊道,"包尔瓦在你们那儿吗?"

"不在,不在!"卡尔达莫诺夫叫道。

猎人们沉吟不语。

"哎,去他的吧!"将军决定道,"不回去找他了!"

"得回去,大人。他很弱。他喝不到水就会死掉。他走不到家的。"

"只要有心,他总会走到。"

"这个小老头会死掉的。要知道他已经九十岁了!"

"不要紧。"

我们的猎人坐车来到沼泽附近,顿时拉长了脸。……原来沼泽里已经满是猎人,因此也就犯不着下车了。猎人们略微考虑一下,决定坐车再走出五俄里路,到官家树林里去。

"我们到那儿去有什么可打的?"医师问。

"鹬鸟啦,雌鹰啦。……喏,还有野乌鸡。"

"哦。那么,我那些倒霉的病人现在可怎么办呢?您为什么要把我带来哟,叶果尔·叶果雷奇?唉!"

医生叹口气,搔搔后脑壳。猎人们见到头一片小树林,就把车赶过去,下了车,开始商量:该谁往右走,该谁往左走?

"你们看怎么样,诸位先生?"涅克利契赫沃斯托夫提议道,"由于有一条规律,在某种程度上也可以叫做自然规律,那就是野禽反正跑不掉,我们总归打得着。……嗯。……野禽反正跑不掉,诸位先生!那我们就先吃点东西提提神!喝点葡萄酒啦,白酒啦,吃点鱼子……鲟鱼肉什么的。……喏,就摆在这块草地上!您认为怎么样,大夫?这一点您比谁都知道得清楚:您是大夫嘛。不是该吃点东西提提神吗?"

涅克利契赫沃斯托夫的提议被大家接受了。阿瓦库木和菲尔斯铺开两块毯子,把一些袋子放在毯子四周,袋子里装着纸包和酒瓶。叶果尔·叶果雷奇动手切腊肠、干酪、鲟鱼肉,涅克利契赫沃斯托夫拔酒瓶的瓶塞,曼热切面包。……猎人们舔着嘴唇,懒散地坐下。

"好,大人!喝一小杯吧。……"

猎人们开始喝酒吃菜。医生立刻又给自己斟满一杯酒,喝下去。万尼亚学他的样,也喝一杯。

"不过要知道,这个地方看样子有狼。"卡尔达莫诺夫斜起眼睛瞧树木,深思地说。

猎人们思索一下,议论一阵,过了十分钟光景,一致断定这儿大概没有狼。

"怎么样?再来一杯?咱们喝吧!叶果尔·叶果雷奇,您发什么呆呀?"

大家又喝一杯。

"年轻人!"叶果尔·叶果雷奇对万尼亚说,"您在想什么?"

万尼亚摇摇头。

"不过当着我的面你倒不妨喝点,"将军说,"背着我,你可别喝,当着我的面呢,可以喝。……稍微喝点吧!"

万尼亚斟满一杯酒,喝下去。

"怎么样?喝第三杯吗?大人……"

大家喝下第三杯。医师已经喝了六杯。

"年轻人!"

万尼亚摇摇头。

"喝吧,安菲捷阿特罗夫!"曼热用爱护的口气说。

"当着我的面你可以喝,背着我可别喝。……再略微喝点吧!"

万尼亚就喝了。

"今儿天空为什么这样蓝?"卡尔达莫诺夫问。

猎人们思索一下,讨论一阵,过了一刻钟,一致断定:今儿天空为什么这样蓝,原因不明。

"兔子……兔子……兔子!!! 捉住它!!!"

山冈后面出现一只兔子。有两条看家狗追上去。猎人们跳起来,拿起枪支。兔子飞也似的跑过去,蹿进树林里,吸引着两条看家狗,音乐家和别的狗一齐追上去。白费劲想一下,怀疑地瞧瞧将军,也跑上去追兔子。

"好大的兔子! ……要能捉住才好。……我们怎么就……把它放跑了呢?"

"是啊。可是这个酒瓶怎么还会有那么多酒。……大概是您没喝吧,大人?哎哎哎。……原来您是这样?不行啊。"

大家又喝下第四杯。医生却已经喝了九杯,使劲嗽着喉咙,往树林里走去。他选好最大的树荫,在草地上躺下,把上衣垫在脑袋底下,顿时鼾声大作。万尼亚变得懒洋洋。他又喝一杯白酒,然后开始喝啤酒,这才打起精神来。他跪在地上,把奥维德①的诗背诵了二

---

① 奥维德(前43—17),古罗马诗人,著有《变形记》等。

十行。

将军发表议论,说是拉丁语很像法语。……叶果尔·叶果雷奇同意他的见解,并且补充说,要研究法语非了解很像法语的拉丁语不可。曼热不同意叶果尔·叶果雷奇的见解,说这儿不是讨论语言的地方,因为这儿坐着数理教员,又摆着这么多酒瓶。他还补充说他的枪以前很贵,现在找不到好枪了。……

"喝第八杯吧,诸位先生?"

"是不是喝得太多了?"

"得了吧!您这是什么话?八杯就算多?!可见您从来就没喝过酒!"

他们喝下第八杯。

"年轻人!"

万尼亚摇头。

"得了!来,拿出军人气概来!您的枪法很好嘛。……"

"喝吧,安菲捷阿特罗夫!"曼热说。

"当着我的面你就喝,背着我可别喝。……再稍微喝点吧!"

万尼亚把啤酒放在一旁,又喝下一杯白酒。

"该喝第九杯了吧,诸位先生,啊?你们觉得怎么样?我受不了八这个数目字。我父亲费多尔……不,伊凡……就是在八号那天死的,叶果尔·叶果雷奇!斟酒!"

大家喝下第九杯。

"天气真热呀。"

"是的,很热,然而这并不妨碍我们喝第十杯!"

"可是……"

"管他天热不天热!我们,诸位先生,要向自然界的力量表明,我们不怕它!年轻人!您来做个榜样。……您把舅舅比下去,让他坍台吧!什么天冷天热的,我们一概不怕。……"

万尼亚喝下一杯。猎人们喊着"好哇",都学他的样,也喝一杯。

"这样很可能中暑呢。"将军说。

"不会的。"

"在我们这儿的气候条件下……这种事居然不会发生？哼……"

"这种事常有。……我的教父就是中暑而死的。……"

"您认为怎么样,大夫？在我们这儿的气候条件下会中暑吗……啊？大夫!"

没人回答。

"您以前治过这种病吗,啊？我们说的是中暑。……大夫！咦,大夫哪儿去了？"

"大夫在哪儿？大夫!"

猎人们往四下里看：医生不见了。

"大夫上哪儿去了？无影无踪了？好比蜡遇上火,烧化了！哈哈哈……"

"他动身去找叶果尔的老婆了!"米海·叶果雷奇愣头愣脑地说。

叶果尔·叶果雷奇脸色变白,手里的酒瓶掉下去了。

"他去找他老婆了!"米海·叶果雷奇一面吃鲟鱼肉,一面继续说。

"您胡说些什么呀?"曼热问,"您看见了?"

"看见了。刚才有个农民赶着马车路过此地……得,他就坐上去,走了。真是这样。咱们来喝第十一杯吧,诸位先生?"

叶果尔·叶果雷奇站起来,摇着拳头。

"我问他:您到哪儿去?"米海·叶果雷奇接着说,"他就说:去干风流事儿,去把那些犄角①磨一磨。他又说:犄角我是早已安上了,现在去磨一磨。他说:再见吧,亲爱的米海·叶果雷奇!他还说:请您替我向我的姻亲叶果尔·叶果雷奇致意!说完,他还这么挤了挤眼睛。咱们来干一杯吧。……嘻嘻嘻。"

---

① "犄角",意指"绿帽子",下文"给人安上犄角",意指"给某人戴上绿帽子"。

"套车子!!!"叶果尔·叶果雷奇嚷道,摇摇晃晃地往旅行马车那边跑去。

"快点,要不然就迟了!"米海·叶果雷奇喊道。

叶果尔·叶果雷奇把阿瓦库木拖到赶车座位上,自己跳上马车,对猎人们威胁地摇摇拳头,坐着车回家去了。……

"这是什么意思,诸位先生?"将军等到叶果尔·叶果雷奇的白色制帽消失后,问道,"他走了。……可是,见鬼,我坐什么车子回去呢?他坐着我的马车走了!不,不是我的马车,而是我该坐着回去的马车。……这真奇怪。……嗯……他也未免太不顾体统了。……"

万尼亚头晕目眩。白酒同啤酒搀在一起,弄得他呕吐了。……这就得把万尼亚送回家去。喝完第十五杯以后,猎人们决定把另一辆马车让给将军坐回去,只是有个条件:将军到家以后就得立刻另外打发一辆马车来接余下的这些人。

将军开始告辞。

"请转告他,诸位先生,"他说,"就说……就说只有猪才干得出这种事。"

"您,大人,可以打官司叫他还债嘛!"米海·叶果雷奇出主意说。

"啊?打官司?嗯,是啊。……他也该还了。……做人要识趣嘛。……我等来等去,实在等得不耐烦了。……那您告诉他说,要他还债就是。……再见吧,诸位先生!请到我家里来玩!他简直是猪!"

猎人们向将军告别,把他同身体不适的万尼亚并排安置在马车上。

"赶车!"

将军和万尼亚走了。

猎人们喝完十八杯以后,动身到树林里去,找着目标放了几枪,就躺下来睡觉。临近黄昏时分,将军的马车来接他们。菲尔斯交给米海·叶果雷奇一封信,请他转交"他的弟弟"。信上提出一项要求,而且威胁说这项要求若不执行,法院的民事执行吏就会登门。猎人们喝完第三杯酒(他们醒来以后又从头算起),将军的马车夫就把他们扶上马车,把他们分别送到各自的家里去了。

叶果尔·叶果雷奇一回到家里,就碰上音乐家和白费劲,原来它们追兔子只不过是找个借口跑回家来罢了。叶果尔·叶果雷奇恶狠狠地瞧瞧他的妻子,动手搜查。所有的储藏室、立柜、木箱、五屉柜都翻遍,结果叶果尔·叶果雷奇没有找到医生。他倒找到另一个人:在妻子的床底下捉住了教堂诵经士福尔通纳托夫。……

临到医生醒来,天色已经黑了。……他在树林里徘徊一阵,才想起他是来打猎的,就大骂一通,开始呼唤猎人。他的呼唤,不消说,没有得到回音。他就决定步行回家。道路挺好,没有危险,月光很亮。二十四俄里路他走了大约四个钟头,凌晨才走到地方自治局医院。他跟医士、助产士和病人们大吵一通,然后动笔给叶果尔·叶果雷奇写一封极长的信。他在信上要求"对这种不体面的行径做出解释",痛骂一切嫉妒心重的丈夫,发誓从此再也不去打猎,哪怕在六月二十九日也绝不去!

记　　者

乐师一共有八名。他们的领队吉利·玛克辛莫夫得到通知说,如果音乐不是一刻也不停地演奏到底,那么乐师们连一杯白酒也休想看见,而要为他们的工作领到赏钱更是难上加难。傍晚八点钟整,跳舞开始。到夜间一点钟,小姐们不满意男舞伴,喝得半醉的男舞伴也不满意小姐们,于是舞会散了。客人们分成好几伙。老人们占据客厅,那儿有张桌子,上面放着四十四瓶酒和同样多的菜碟。小姐们躲到墙角那儿去,交头接耳地议论男舞伴不像样子,然后开始推敲一个问题:

新娘怎么会一开头就用"你"称呼新郎呢？男舞伴们占据另一个墙角，争先恐后地讲话，各人谈各人的事。古利是不高明的首席小提琴手兼乐队指挥，这时候带领七个乐师开始演奏契尔尼亚耶夫的进行曲。……他一刻也不停地演奏，只有想喝白酒，或者想把裤子提上去的时候才停下。他在生气：第二小提琴手本来就演奏得极差，现在又醉得不成样子，胡拉一气；长笛乐师老是把长笛掉在地板上，眼睛不看着乐谱，无缘无故地发笑。人们的谈笑声嘈杂极了。小桌那边有个酒瓶给碰掉在地下。……有个什么人在捶日耳曼人卡尔·卡洛维奇·冯福的背脊。……好几个人从卧室里跑出来，红着脸，又叫又笑，后面有个神色不安的听差追上来。助祭玛纳富伊洛夫有心在最尊贵的、醉醺醺的客人面前露一手，就踩住一只猫的尾巴不放，直到后来有个听差从他脚底下放掉那只声嘶力竭的猫，对他说"这全是胡闹"，才算了事。本城的市长以为自己的怀表遗失了，恐慌得要命，浑身冒出汗来，破口大骂，竭力说明他那只怀表值一百卢布。新娘头痛得厉害。……前堂里有个什么重东西喀嚓一响掉下地。客厅里老人们围着酒瓶,言谈举止没显出衰老的样子。他们回忆青年时代,唠唠叨叨讲些鬼才知道的话。他们讲可笑的趣闻,讪笑男主人的风流韵事,说俏皮话,咯咯地笑。这时候男主人显然志得意满,懒洋洋地坐在圈椅上,说:"你们也是好样儿的,狗崽子;我很明白你们这班人,我不止一次给你们的情人送过礼物呢。"……时钟敲了两下。古利开始第七次演奏西班牙小夜曲。那些老人兴致越来越高。

"你看,叶果尔!"一个老人指着墙角,对男主人说,吐字不清,"那边别别扭扭地坐着的,是个什么人?"

墙角上,书架旁边,有个矮小的老人温顺地坐着,把两只脚缩到椅子底下,身上穿着深绿色旧礼服,配着发亮的纽扣。他因为无事可做而在翻看一本小书。男主人看一下墙角,想了想,冷冷地一笑。

"老兄,"他说,"这人是个新闻记者。莫非您不认得他?他是个挺好的人!伊凡·尼基契奇,"他对纽扣发亮的小老人说,"你坐在那儿干什么?到这边来!"

伊凡·尼基契奇打个冷战,抬起浅蓝色小眼睛,神情局促不安。

"这个人,诸位先生,是作家,报刊工作人员!"男主人继续说,"我们在这儿喝酒,他老先生呢,你们看得明白,却坐在墙角那儿,照有学问的人那样思考,而且在观察我们,心里暗暗好笑呢。你该害臊才是,老兄。过来喝酒吧。这样可是太不应该了!"

伊凡·尼基契奇站起来,温顺地走到桌子跟前,给自己斟了一杯白酒。

"求上帝保佑你们……"他慢腾腾地喝下那杯酒,嘴里喃喃地说,"保佑你们万事……如意……圆满。"

"吃点菜,老兄!吃吧!"

伊凡·尼基契奇眨巴着小眼睛,吃了块沙丁鱼。

有个胖子,脖颈上套着银质奖章,从他背后走过去,在他头顶上撒一把盐。

"把他腌起来,免得他生蛆!"他说。

在座的人大笑起来。伊凡·尼基契奇摇着头,脸孔涨得通红。

"你可不要怄气啊!"胖子说,"何必怄气呢?这是我开个玩笑。你简直是怪人!你瞧,我也给自己撒上了!"胖子从桌子上拿起盐瓶来,往自己头上撒点盐。

"要是你乐意的话,我也可以给他撒上点。有什么可怄气的呢?"他说着,在男主人头上撒点盐。大家大笑起来。伊凡·尼基契奇也微微一笑,又吃了块沙丁鱼。

"你这个滑头怎么不喝酒呢?"男主人说,"喝啊!跟我一块儿喝!不,跟大家一起喝吧!"

那些老人就站起来,把桌子团团围住。酒杯里都斟满白兰地。伊凡·尼基契奇嗽了嗽喉咙,小心地端起酒杯。

"我已经喝得够了,"他对男主人说,"我就是不喝这杯,也已经醉了。好,求上帝保佑您,叶果尔·尼基佛罗维奇,保佑您……万事……如意称心。可是你们大家为什么都这样瞧着我?莫非我是外来人?嘻嘻嘻。好,求主保佑你们!叶果尔·尼基佛罗维奇,老大哥,请您费心,体恤我,吩咐古利一声,叫格利果利不要再敲鼓了。他的鼓声闹得人难受极了,这个蛮子。他敲得那么响,震得人的肚子里都翻腾起来了。……为您的健康干一杯!"

"让他去敲吧,"男主人说,"难道不敲鼓还能算是音乐?你连这个也不懂,还提笔写文章呢。好,现在你跟我一块儿喝!"

伊凡·尼基契奇打个嗝,踩着碎步走来走去。男主人斟满两大杯酒。

"喝吧,朋友,"他说,"不许躲躲藏藏的。你要是写文章说在某人家里大家都喝醉了,那就把你自己也写上。怎么样?祝你健康!快点,聪明人!你也未免太扭扭捏捏了!喝呀!"

伊凡·尼基契奇嗽了嗽喉咙,擤一下鼻子,跟男主人碰杯。

"祝您水火刀枪各种灾难都……沾不上身!"一个年轻的商人开玩笑说。男主人的姐夫哈哈大笑。

"新闻记者万岁!"胖子喊道,抱住伊凡·尼基契奇,把他举到半空中。别的老人也跑过来。伊凡·尼基契奇感到他的身体由本城最尊贵的和醉醺醺的知识分子们用手、头、肩膀托起来,高过了他自己的头。

"把他……往上扔!把他扔上去,坏包!把这个鬼头鬼脑的家伙抬走!把他拖走,深绿色的贱货!"老人们叫道,把伊凡·尼基契奇抬到大厅里。在大厅里,男舞伴们参加到老人们当中来,动手把可怜的记者一直抛到紧挨着天花板的高空去。小姐们拍起手来,乐师们停住演奏,放下乐器。主人为摆阔而从俱乐部里雇来的听差,看到这种"不成体统的举动",大吃一惊,拿出贵族的派头,把嘴凑到他们的空拳头上咯咯地傻笑。伊凡·尼基契奇的礼服上有两个纽扣绷掉,腰带也松开。他不住喘气,哼哧哼哧,尖声怪叫,浑身难过,然而……他在幸福地微笑。他无论如何也没料到会受到这样的抬举,按他自己的说法,他其实是个"零",是个"在人们当中谁也看不见、谁也不注意的人……"

"哈哈哈哈!"新郎纵声大笑。他已经喝得大醉,这时候抓住伊凡·尼基契奇的腿。伊凡·尼基契奇给人们扔啊扔的,从本城的知识分子们手里滑下来,搂住戴银质奖章的胖子的脖颈。

"我这条命要送掉了,"他喃喃地说,"我这条命要送掉了!对不起!略微等一下,先生!这就行了。……哎呀,不,这还不行,先生!"

新郎放开他的腿,他就完全吊在胖子的脖颈上。胖子把头一摇,伊凡·尼基契奇就跌倒在地板上,叫一声哎呀,随后笑呵呵地爬起来。所有的人都哈哈大笑,就连那些从不文明的俱乐部里雇来的文明的听差,也不再那么高傲,居然皱起鼻子微笑。伊凡·尼基契奇的脸由于幸福的微笑而布满皱纹,湿润的浅蓝色眼睛里迸出火星,嘴巴歪斜,上嘴唇往右撇,下嘴唇却伸长,往左撇。

"诸位可敬的先生!"他用微弱的男高音讲起来,同时张开胳膊把腰带系好,"诸位可敬的先生!不管你们向上帝祈求什么,都求上帝赐给你们吧。我要谢谢他,我的恩人,谢谢他……喏,就是他,叶果尔·尼基佛罗维奇。……他不看轻小人物。前天他在污泥胡同里遇见我,开口就说:'你到我家里来啊,伊凡·尼基契奇。记住,务必要来。全城的人都会来,那么你,全俄国的造谣家,也要来!'他没看轻我,求上帝保佑他健康。您那真诚的爱怜使我幸福,您没有忘记这个新闻记者,破衣烂衫的糟老头子。谢谢您。诸位可敬的先生,你们也不要忘记我们这班人。我们这班人都渺小,这话是不错的,不过我们的灵魂却无害于人。不要看轻我们,不要嫌弃我们,我们会领情的!我们在众人当中是渺小、可怜的,然而另一方面,我们又是世界的精华,上帝是为我们祖国的利益才把我们创造出来的。我们教导普天下的人,我们歌颂善,痛斥人间的恶。……"

"你胡扯些什么?"男主人叫起来,"他胡扯起来了,这个傻蛋!你发表一篇演说①好了!"

"演说!演说!"客人们喊道。

"演说?嗯,嗯。我遵命。请容许我想一下!"

伊凡·尼基契奇开始思索。有人把一杯香槟酒塞在他手里。他沉吟片刻,就伸直脖子,忽然举起酒杯,开始用男高音对叶果尔·尼基佛罗维奇说:

"我的演说,女士们和先生们,是简短的,过于长了就会同当前这件对我们来说非常动人的大事不相称。嗯,嗯。一个伟大的诗人说过:谁年轻的时候年轻,谁就有福!我对这句话的真实性毫不怀疑。我甚至认为,如果我在这句话的含意里再添一点东西进去,如果我对这个盛会和大事的一对年轻的当事人用语言

---

① 在俄国的婚宴上,来宾常发表演说以示庆贺。

来表达我的愿望,祝我们的新婚夫妇不但现在按他们的体质来说还年轻的时候年轻,而且就是到了老年也仍然年轻,那我是不会做错的,因为一个人年轻的时候年轻,固然有福,可是把自己的青春保持到进入坟墓为止,那就更加百倍地有福。祝他们,我此刻发表空谈的对象,到老年只是身体衰老,灵魂却依然年轻,换句话说,他们的精神依然活泼地翱翔。祝他们的理想永不衰退,直到他们装进棺木为止,人类的真正幸福就在于那些理想的实现啊。祝他们双方的生命合而为一,形成一种纯洁的、善良的、高度正直的生活,祝那充满温柔的爱情的妻子对她的丈夫,她的思想坚定的丈夫来说,成为……嘻嘻嘻……所谓的八度音,祝他们构成一片美妙动听的和声!*万岁[1],万岁[2],万岁!*"

伊凡·尼基契奇喝下香槟酒,用鞋后跟磕一下地板,带着凯旋者的神情瞅周围的人。

---

[1] 原文为拉丁语。
[2] 原文为塞尔维亚语。

"妙啊,妙啊,伊凡·尼基契奇!"客人们叫道。

新郎身子摇晃着,走到伊凡·尼基契奇跟前。他打算把脚跟靠拢行礼,可是没成功,几乎跌倒。他抓住演说人的手,说:

"包库……包库-美尔西。① 您的演说非常非常好,而且也不缺乏某种倾向性。"

伊凡·尼基契奇往上一跳,搂住新郎,吻一下他的脖子。新郎很不好意思,为了掩盖困窘,就动手拥抱他的丈人。

"您能把您的感情表达得那么妙!"戴奖章的胖子说,"您的身材这么矮小,却有这么大的本事……这无论如何也料不到! 真的……对不起啊!"

"妙吗?"伊凡·尼基契奇尖声叫起来,"妙吗? 嘻嘻嘻。我自己也知道这挺妙! 只是火力不足,可是又上哪儿去找呢,那样的火力? 年月不对了,诸位可敬的

---

① 发音不正确的法语:十分……十分感谢。

先生！从前呀，只要一开口讲话，一提笔写文章，就会觉得灵魂里汹涌激荡，自己都对自己的才能感到惊讶呢。啊，那可真是好年月！为那样的年月，魔鬼老弟啊，应该喝他一杯才是！朋友们，我们就来喝一杯吧！那个年月简直是太顺心了！"

客人们走到桌子跟前，各人拿起一小杯酒。伊凡·尼基契奇变了样子。他不是给自己斟满一小杯酒，而是一大杯酒。

"我们来喝吧，诸位可敬的先生，"他继续说，"你们待我这个老头子很亲热，那就请你们也敬重当初我做过大人物的那些年月吧！那些年月真了不起！诸位女士①，我的小美人儿，你们跟这条赞叹你们美貌的眼镜蛇和妖龙碰杯吧！碰杯吧！嘻嘻嘻。我的小爱神们。我也有过好年月，我发誓②！……我爱过，也痛苦过，我不止一次征服过女人的心，也不止一次被她们征

---

① 原文为法语。
② 原文为意大利语。

服过呢。乌拉!"

"那才真是好年月呀,"冒汗和不安的伊凡·尼基契奇继续说,"那才真是好年月,诸位先生!现在这个年月也不错,然而对我们这班人,给报刊写文章的人来说,那个年月却好得多,原因不在于别的,而在于那时候人们心里的火焰和真理多些。从前,不管是什么样的小作家,都称得起是壮士,是勇敢正直的骑士,是殉教徒,是受尽苦难的人,是正人君子。可是现在呢?俄罗斯大地啊,你看一眼你那些写文章的儿子,就会害臊!你们,真正的作家、政论家以及在……嗯……嗯……嗯……出版界活动的其他战士和工作者,你们在哪儿呀?哪儿也没有!!!现在大家都写作。谁想写,谁就写。有些人,他们的灵魂比我的皮靴还要脏,还要黑,他们的心灵不是在娘胎里而是在铁匠铺里造出来的,他们手中的真理就跟我拥有的房产一般多①,

---

① 意谓"他们一点真理也没有",因为说话的人是一点房产也没有的。

父亲集

可是现在他们竟敢走上这条光荣的道路,这条属于先知、热爱真理的人、痛恨金钱的人的道路。我亲爱的先生们!如今这条道路宽广多了,可是没有一个人配在那上面走。真正的才能在哪儿?你去找吧:真的,一准找不着!……一切都变得陈腐而贫乏。就连往日的英雄好汉当中留存下来的少数人,现在也精神贫乏、信口开河了。从前,人们追求真理,现在呢,却是追求漂亮的辞藻,追求小钱,真是该死!如今兴起一种古怪的风气!叫人难过哟,我的朋友们!我呢,该死的,尽管一头白发,却不知羞耻,也开始追求漂亮的辞藻了!是啊,是啊,就连在通讯稿里我也竭力搀进漂亮的辞藻。感谢主,天地的创造者,我总算还不贪财,也不敢写文章混饭吃。现在呀,谁想吃饭,谁就写,爱写什么就写什么,只要从旁看来像个真理的样子就成了。您想从编辑部里领点钱?想吗?好,要是您乐意的话,您就拿起笔来自管写吧:在我们城里,某年某月某日发生过一次地震,或者,不久之前一个农妇阿库里娜一胎生了六个孩子,请原谅我这个不要脸的人这样说,诸位女士。……你们难为情了,小美人儿!你们宽宏大量地原谅这个不学无术的人吧!我是个说下流话的博士,早先不止一次在小饭铺里为这方面的学位论文答辩过,而且在那种辩论会上战胜过各式各样的滑头。请原谅吧,我的亲人!哎哎……就是这样的,现在是想写什么就写什么,保管出不了什么事。从前可不是这个样子!我们即使写了假话,也是出于糊涂和愚蠢,并不是把假话当工具用,因为我们认为我们的工作目标是神圣的,我们崇拜它!"

"为什么您衣服上钉发亮的纽扣呢?"一个头上蓬起四撮头发的花花公子打断伊凡·尼基契奇的话说。

"发亮的纽扣?确实,这些纽扣是发亮的。……这是出于习惯,先生。……从前,大约二十年前,我在裁缝师傅那儿定做过礼服,不料他,那个裁缝师傅,一时出错,没钉黑纽扣而钉了发亮的纽扣。我也就习惯发亮的纽扣了,因为那件礼服一直穿了七年。……所以,我的先生,现在还是跟从前那样用这种纽扣。……这些小美人儿,我的亲爱的,在听呢;她们在听我这个老头子讲话,亲人啊。……嘻嘻嘻。……求上帝保佑你们健康!我的天仙般的美人儿!要是你们能活在四十年前才好,那时候我还年轻,能够用火焰点燃别人的心。那我就会做你们的奴隶,姑娘们,我就会跪在你们面前,把裤子的膝头磨出小窟窿来呢。……她们笑了,这些小花朵!……啊,我的小亲亲。……她们关心我,可见她们尊重这个老头子。……"

"您现在还写文章吗?"一个翘鼻子的小姐打断兴致勃勃的伊凡·尼基契奇的话说。

"写文章?怎么能不写呢?我不会埋没我的才能,我的心灵的皇后,我要一直坚持到死!我在写!莫非您没有读到过?那么请容许我问您一句,是谁在七六年①《呼声》②上发表通讯稿的?是谁?莫非您没有

---

① 指1876年;这篇小说发表在1882年。
② 1863年至1884年在彼得堡出版的一种报纸。——俄文本编者注

读过？很不错的通讯稿呢！七七年我也给《呼声》写过,不过这家可敬的报纸的主编却认为我那篇文章不便刊登。……嘻嘻嘻。……不便刊登啊。……嘿！……我那篇文章有股子味道,您要知道,有某种味道。'我们这里,'我写道,'有些表面的爱国者,然而大有问题的是,他们的爱国精神究竟在哪儿:是在心里呢,还是在衣袋里?'……嘻嘻嘻。……味道来了,小姐。……下面:'昨天,'我写道,'大教堂为普烈甫纳①阵亡将士做安魂祭。所有长官和公民都参加这次安魂祭,惟独担任本城警察局长职务的那位先生没有参加。这种故意缺席颇为引人注目,因为他认为玩纸牌比同公民们一起享受全俄国的欢乐有趣得多。'一针见血啊！哈哈哈！这篇东西却没发表！那时候我真卖力气,我的朋友们！去年,七九年,我给莫斯科出版的

---

① 保加利亚北部的城市普列文的旧名,在俄土战争(1877—1878)中成为土耳其的堡垒,俄国军队经过长期围攻后,于1877年底予以占领。——俄文本编者注

父 亲 集

《俄罗斯邮报》①寄去一篇通讯稿。我在那里面,我的朋友们,写到我们县里的学校,把它寄到莫斯科去了。我这篇稿子登出来了,所以我至今收到《俄罗斯邮报》而不付报费。事情就是这样!你们感到惊讶吗?请你们为天才惊讶,而不要为零感到惊讶!我是个零啊!嘻嘻嘻!我写得少,诸位可敬的先生,写得很少!我们这个城里缺少大事可写,我又不愿意胡写一通,我的自尊心很强,再者我又怕我的良心责备我。报纸是全俄国都在读的,可是我们这个城对俄国来说算得了什么?何必写些小事来惹得俄国的读者厌烦呢?何必让俄国的读者知道我们的小饭铺里发现过一具死尸呢?不过,从前我写过多少东西啊,从前,很久很久以前。……那时候我常给《北方蜜蜂》②、《祖国之子》③、

---

① 1879年至1889年在莫斯科出版的一种自由派报纸。——俄文本编者注
② 在彼得堡出版的一种反动的报纸。——俄文本编者注
③ 1862年至1868年在彼得堡出版的一种报纸。——俄文本编者注

《莫斯科》①写稿子。……我跟别林斯基同时代。有一次我在文章里还把布尔加林②顺便讥刺一下呢。……嘻嘻嘻。……你们不相信吗?这是真的!有一回我写过一首诗,歌颂尚武的勇敢精神。……至于那个时候,我的朋友们,我遭到些什么样的磨难,那只有万军之主③才知道。……我一想起那个年月,就不由得心潮起伏。当时我是个英雄好汉!我为我的理想和思想受过苦,遭到过折磨。由于我存心要做高尚的工作,就承受了种种磨难。四六年,由于我在《莫斯科新闻》上发表一篇通讯稿,此地的小市民们就把我毒打一顿,弄得我事后躺在医院里,啃了三个月黑面包。大概我的仇人花了不少钱雇那些小市民死命打我:他们把这个上帝的

---

① 指《莫斯科新闻》,自1865年起在莫斯科出版,1863年到1886年间由卡特科夫主编,成为一种极其反动的报纸。——俄文本编者注
② 布尔加林(1789—1859),俄国的反动作家和批评家,"第三厅"(政治警察局)的走狗。
③ 犹太教的上帝耶和华的称号之一。

奴隶打得好苦,直到现在我都能把后果指给你们看。还有一回,那是五三年,本城市长绥索依·彼得罗维奇把我传去。……你们不会记得他了,而你们不记得他倒应该高兴才是。关于这个人的回忆,在我的全部回忆当中要算是最痛心的了。他把我传去,说:'你在《蜜蜂》上造什么谣,啊?'可是我何尝造过什么谣?要知道,我不过在稿子里写道:我们此地有一帮骗子,以古斯科夫的小饭铺做他们的巢穴。……这个小饭铺如今连影子也没有了,已经在六五年被勒令停业,让给鲁勃佐瓦特斯基先生开食品杂货店了。在通讯稿的结尾,我略微加上点那种味道。你们要知道,我不管三七二十一写道:'鉴于上述理由,警察当局不妨对古斯科夫先生的饭铺予以注意。'绥索依·彼得罗维奇对我大喊大叫,不住顿脚。'难道没有你,我就不知道还是怎么的?你这个混蛋居然要指点我?你是我的导师吗,啊?'他嚷个不停,而且把我这个浑身发抖的人关进看守所里。我在看守所里坐了三天三夜,想起约拿和鲸鱼①,遭到各式各样的屈辱。……我永远也忘不了这种磨难,直到我的记忆模糊为止!说句不怕您见怪的话,无论什么臭虫,无论什么虱子,无论什么小到几乎看不见的虫豸,也绝没受到过绥索依·彼得罗维奇对我的那种欺压!如今他已经去世,那就祝他升天堂吧。还有,我们教区的监督司祭潘克拉契神甫,也就是我心里暗自幽默地称之为小刀神甫的那个人,不知在什么地方看到一篇有关某某监督司祭的文章,费力地读了一遍,竟然以为这篇文章写的就是他,而且是由我一时轻狂写出来的,其实那篇东西根本就不是写他,也不是我写的。有一次我走过大教堂,忽然间,您要知道,有人在我后边用手杖使劲打我的后背和后脑壳,打了一下又一下,一连打三下。……呸,糟透了,这是怎么搞的!我回头一看,原来就是潘克拉契神甫,接受我的忏悔的教士。……他当众打我!!这是什么缘故?我犯了什么

---

① 《旧约·约拿书》称,约拿违抗耶和华神的命令而乘船逃走,耶和华就使海上起风吹翻他的船,并使大鱼把他吞下肚去。

过错?这件事我也只得忍气吞声。……我受的苦真是多啊,我的朋友们!"

颇有名望的商人格雷热夫正站在他身旁,笑一下,拍拍伊凡·尼基契奇的肩膀。

"你写吧,"他说,"写吧!要是你能写,又何必不写呢?不过你是给哪一家报纸写?"

"我给《呼声》写,伊凡·彼得罗维奇!"

"能让我们读一下吗?"

"嘻嘻嘻。……当然能,先生。"

"那我们就能看出你是干什么事的能手了。嗯,那你打算写些什么呢?"

"喏,要是伊凡·斯捷潘诺维奇为初级中学捐上一笔钱,用这样的事我就会写出一篇东西来!"

伊凡·斯捷潘诺维奇是个商人,脸上刮得光光的,衣襟丝毫也不长①。他笑一声,脸红了。

---

① 当时俄国的商人,特别是旧式商人,往往留着大胡子,穿着大长袍。

"行,你写吧!"他说,"我捐钱好了。为什么不捐呢?我可以捐一千卢布。……"

"真的吗?"

"可以办到。"

"可要是您不捐呢?"

"哪儿的话。……当然我可以办到。"

"您不是说着玩的吧?……伊凡·斯捷潘诺维奇!"

"我可以办到。……只是有一件……嗯……要是我捐了钱而你不写稿子呢?"

"这怎么可能呢?那么您说话算数,伊凡·斯捷潘诺维奇?"

"当然这样。……嗯……好,那你什么时候写?"

"很快,先生,简直快极了。……您不是开玩笑吧,伊凡·斯捷潘诺维奇?"

"开玩笑干吗?话说回来,我开玩笑,你总不会给我钱吧?嗯……好,可要是你不写呢?"

"我会写的,伊凡·斯捷潘诺维奇!我说假话就叫上帝打死我,我会写的,先生!"

伊凡·斯捷潘诺维奇皱起油亮的大额头,开始思索。伊凡·尼基契奇踩着碎步走动,打嗝,用亮晶晶的小眼睛盯住伊凡·斯捷潘诺维奇。

"你听我说,尼基达……尼基契奇……伊凡,是吧?你听我说。……我捐两千银卢布,以后,也许,还可以再……多捐点。只是有一个条件,我的老兄,你得真写文章才成!"

"我当着上帝说,一定写!"伊凡·尼基契奇尖声叫道。

"你写吧,不过,你寄给报馆以前,先让我看一遍,要是你写得挺好,我才拿出两千来。……"

"遵命,先生。……嗯……我听明白了,高尚而慷慨的人!伊凡·斯捷潘诺维奇!请您仁慈宽厚,不要让您的诺言毫无结果而仅仅成为空洞的声音!伊凡·斯捷潘诺维奇!恩人啊!诸位可敬的先生!我已经喝醉了,不过我的神志还清楚!最最仁爱的慈善家啊!我向您敬礼!您多出点力吧!请您为国民教育出力,慷慨解囊吧。……啊,主呀!"

"行了,行了。……我们等着瞧吧。……"

伊凡·尼基契奇揪住伊凡·斯捷潘诺维奇的衣襟。

"最最慷慨的人啊!"他尖叫道,"请您跟伟人们挽手并进吧。……请您在普照天下的明灯里添上油!请您容许我为您的健康干杯。我喝了,先生,我喝了!祝您健康长寿。……"

伊凡·尼基契奇咳嗽一阵,喝下一小杯白酒。伊凡·斯捷潘诺维奇看了看四周的人,对伊凡·尼基契奇挤一下眼睛,就走出客厅,到大厅里去了。伊凡·尼基契奇站在那儿,沉吟一下,然后摩挲着秃顶,规规矩矩地穿过跳着舞进入客厅的人群。

"祝您永远身体健康,"他对男主人说,行个礼,"谢谢您的盛情,叶果尔·尼基佛罗维奇!我永生永世也不会忘记!"

"再见,老兄!你以后要再来。要是有空的话,就到我商店里去坐一坐,和伙计们一起喝喝茶。在我妻子的命名日,要是你乐意的话,请到我家里来,那你就可以发表演说了。好,再见,亲爱的朋友!"

伊凡·尼基契奇带着感情握了握向他伸过来的手,再向客人们深深地一鞠躬,然后踩着碎步走到前堂里,在那儿,他那件小小的旧大衣夹在许许多多皮大衣和大衣中间,几乎找不到了。

"你老人家赏个酒钱吧!"一个听差给他找大衣,有礼貌地对他要求道。

"我的好朋友!连我自己都到了应该讨酒钱而不是给酒钱的时候了。……"

"找着了,您的大衣!就是这件吧,穷老爷?简直可以拿它筛面粉了!穿着这样的大衣不应该出门做客,倒应该到猪圈里去打滚才是。"

伊凡·尼基契奇发窘了。他穿上大衣,卷起裤腿,走出本城富翁和大人物叶果尔·列-夫的家门,踏着泥浆,动身走回自己的住所去。

他居住在沿大街一个院子的厢房里,每年向一个商人老婆的继承人付出六十卢布的租金。厢房建在面积极大而生满杂草的院子角落里,在树丛中温顺地露出轮廓,像那样温顺的神态是……只有伊凡·尼基契奇才会有的。他关上街门,扣上门扣,小心地绕过杂草,往他那灰色的厢房走去。不知什么地方,一条狗叫起来,对他懒洋洋地吠几声。

"斯达美斯卡①,斯达美斯卡,是我呀……自己人!"他喃喃地说。厢房的门没有上闩。伊凡·尼基契奇用刷子刷净皮靴,推开门,走进他的洞穴。他干咳一声,脱掉大衣,对着圣像祷告一下,然后从他所住的被长明灯照亮的房间往前走。在第二个而且是最后一个房间里,他又对圣像祷告一下,然后踮起脚尖走到床

---

① 狗的名字。

铺前面。有个俊俏的姑娘睡在床上,年纪在二十五岁左右。

"玛涅琪卡,"伊凡·尼基契奇开始叫醒她,"玛涅琪卡!"

"嗯嗯嗯……"

"你醒一醒,我的女儿!"

"呜……呜……呜……"

"玛涅琪卡,喂,玛涅琪卡!别睡了,醒醒吧!"

"是谁?什么……事?啊?啊?"

"醒醒吧,我的天使!你起来,我的保姆,我的音乐家。……我的女儿!玛涅琪卡!"

玛涅琪卡翻过身来,睁开眼睛。

"您有什么事?"她问。

"好孩子,劳驾,给我拿两张纸来!"

"您去睡觉!"

"我的女儿,不要拒绝我的要求!"

"您要纸干什么?"

"我要给《呼声》写一篇通讯稿。"

"算了吧。……您去睡觉!在那边,我给您留下了晚饭!"

"我的独生女儿啊!"

"您喝醉了吧?好得很。……您不要搅扰别人睡觉嘛!"

"你给我把纸拿来吧!你起来一下,顺顺你父亲的心,这在你又算得了什么?我的朋友!这可叫我怎么办呢?要我跪下来还是怎么的?"

"哎哎哎……真要命!我马上就起来!您走开!"

"是。"

伊凡·尼基契奇就往后退两步,把头藏在屏风后面。玛涅琪卡从床上跳下地,拿起被子来把身子裹紧。

"没事找事做!"她叽咕道,"简直是磨人!圣母啊,这种事到什么时候才有个了局!没日没夜的叫人不得消停!哎,您也太不害臊了!……"

"女儿,不要侮辱你的父亲!"

"谁也没有侮辱您!拿去!"

玛涅琪卡从她的皮包里取出两张纸来,往桌上一扔。

"谢谢,玛涅琪卡!请你原谅我打搅你!"

"好了!"

玛涅琪卡往床上一倒,盖好被子,缩起身子,立刻就睡着了。

伊凡·尼基契奇点上一支蜡烛,靠着桌子坐下。他想一下,就拿起钢笔,在墨水瓶里蘸一下墨水,然后在胸前画个十字,动笔写起来。

第二天早晨八点钟,伊凡·尼基契奇已经站在伊凡·斯捷潘诺维奇家的大门口,用发抖的手拉门铃了。他足足拉了十分钟,这十分钟他差点为自己的大胆活活吓死。

"有啥事?一个劲儿地拉铃!"伊凡·斯捷潘诺维奇家的听差打开门,用棕色旧礼服的下摆擦他那刚睡醒而发肿的眼睛,问他说。

"伊凡·斯捷潘诺维奇在家吗?"

"老爷吗?他不在家里还在哪儿?有啥事?"

"喏……我要找他。"

"您是邮局里来的吧?他在睡觉!"

"不,我有私事要找他。……说实在的……"

"您是当官的吗?"

"不是的……可是……我可以等他一下吗?"

"那有什么不行的?行!您到前厅里去吧!"

伊凡·尼基契奇侧着身子走进前厅里,在堆着听差的破衣服的长沙发上坐下。

"呼噜……呼噜……是谁呀?"伊凡·斯捷潘诺维奇的卧室里响起说话声,"谢辽日卡!上这儿来!"

谢辽日卡跳起来,像疯子似的跑进主人卧室里去。伊凡·尼基契奇战战兢兢,动手把衣服上所有的纽扣都扣好。

"啊?是谁?"卧室里的说话声传到他耳朵里来,

"是谁呀?你没有舌头了,畜生?怎么?是银行里来的?你倒是说呀!是个老头子?"

伊凡·尼基契奇的心怦怦地跳起来,眼睛发暗,腿发冷。要紧的关头临近了!

"把他叫来!"传来卧室里的说话声。

满头大汗的谢辽日卡走出来,用手捂住耳朵,领着伊凡·尼基契奇走到伊凡·斯捷潘诺维奇跟前去。伊凡·斯捷潘诺维奇刚刚醒过来,躺在一张双人床上,从花布被子里露出头来往外看。他身旁,在同一条被子里,睡着戴银质奖章的胖子,正在打鼾。胖子临睡认为用不着脱衣服:皮靴的尖头从被子底下露出来,银质奖章从脖子上滑到枕头上去了。卧室里又闷又热,满是纸烟的气味。地板上摊着打碎的灯的破片、一汪煤油和女人裙子的碎片。

"你有什么事?"伊凡·斯捷潘诺维奇瞧着伊凡·尼基契奇的脸,皱起眉头,问道。

"我打搅了您,很抱歉,"伊凡·尼基契奇郑重其事地说着,从衣袋里取出一张纸来,"最受尊敬的伊凡·斯捷潘诺维奇,请您容许我……"

"喂,你听着,你不要摆弄夜莺,我这儿可没有东西喂它吃①:你干脆谈正事。你要干什么?"

"我是抱着这样的目的来的,嗯……嗯,我要极其恭敬地奉上……"

"可你是什么人?"

"我?嗯……嗯……嗯……我吗?您忘了?我是记者。"

"你?哦,是了。现在我想起来了。那你来干什么?"

"我打算奉上那篇我应许写下的通讯稿,请您过目。……"

"已经写好了?"

"写好了,先生。"

---

① 意谓"我不要听你那些漂亮的空话",夜莺是一种歌声悦耳的鸟。

父 亲 集

"怎么这样快?"

"快吗?我直到现在才刚刚写完。"

"嗯。……不,你……不该这么快嘛。……你应该多花点时间写。何必着急呢?去吧,老兄,再去写吧。"

"伊凡·斯捷潘诺维奇!才华是不论地点或者时间都不能加以束缚的。……哪怕您给我整整一年时间,我也写不出更好的东西来了,真的!"

"那么好吧,拿给我!"

伊凡·尼基契奇就打开那张纸,双手捧着,送到伊凡·斯捷潘诺维奇的脑袋跟前去。

伊凡·斯捷潘诺维奇接过纸来,眯细眼睛,开始读道:"'在我们这个某某城里,每年都有好几座大厦耸立起来,为此聘请京城的建筑师,收到国外运来的建筑材料,耗费巨额资金,而所有这些,必须承认,都抱着唯利是图的目的。……可惜啊!我们有两万多名居民,本城已经存在好几个世纪,大厦纷纷耸立起来,然而足以铲除根深蒂固的愚昧的那种力量,却连借以存身的小屋也没有一所。……愚昧……'这下边写的是什么字?"

"这个吗? 说来可怕①……"

"这些字是什么意思? ……"

"上帝才知道这些字是什么意思,伊凡·斯捷潘诺维奇! 如果写到一件不好的或者可怕的事,那就可以顺便插进这些字去。"

"'愚昧……'嗯……'在我们这里积重难返,在我们社会各阶层中享有最充分的公民权。终于,俄国整个知识界所呼吸的那种空气,也吹到我们这儿来了。一个月前,我们经国务大臣先生批准,在本城开办初级中学一所。这次批准,在我们这儿受到毫不虚假的热烈欢迎。有些人不限于仅仅表示热烈欢迎,另外还打算在行动上也表现出他们的热爱。我们的商人们素来

---

① 原文为拉丁语。

有求必应,对任何良好的创举都提供资金上的支持,现在也没有摇头拒绝。……'见鬼!不但写得快,而且写得多么好啊!真有你的!嘿!'我认为有必要在这里举出主要捐款人的姓名。他们的姓名开列如下:古利·彼得罗维奇·格雷热夫(两千),彼得·谢敏诺维奇·阿列巴斯特罗夫(一千五百),阿维甫·伊诺肯捷维奇·波特罗希洛夫(一千),伊凡·斯捷潘诺维奇·特拉木包诺夫(两千)。最后这个人还许诺……'最后这个人是指谁?"

"最后一个? 就是您啊,先生!"

"那么,照你这么说,我算是最后一个?"

"最后一个。……这就是说……嗯……嗯……嗯……是在这样的意义上……"

"那么我成了最后一个?"

伊凡·斯捷潘诺维奇坐起来,满脸通红。

"谁是最后一个? 我?"

"这固然指的是您,不过那是在什么样的意义上呢?"

"是在这样的意义上:你是蠢货!明白吗?蠢货!把你这篇通讯稿拿走!"

"阁下……尊驾伊凡……伊凡……"

"那么我成了最后一个?哎,你呀……你这个脓包!蠢鹅!"伊凡·斯捷潘诺维奇的嘴里吐出一个个精巧的比喻,一个比一个不堪入耳。伊凡·尼基契奇吓得魂飞魄散,倒在一把椅子上,身子不住扭动。

"哼,你这猪猡!我成了最后一个?!伊凡·斯捷潘诺维奇·特拉木包诺夫素来不做最后一个,以后也不会!你才是最后一个!滚出去,从今以后不准你的脚再踩进我的屋子里来!"

伊凡·斯捷潘诺维奇勃然大怒,把那篇通讯稿揉成一团,朝着莫斯科和圣彼得堡报纸的通讯记者脸上扔过去。……伊凡·尼基契奇涨红脸,站起来,摇着手,踩着碎步走出房外。在前厅里迎接他的是谢辽日卡,愚蠢的脸上现出最愚蠢的笑容,给他打开大门。伊凡·尼基契奇走到街上，脸色白得像纸，踏着泥地走回他的住所去。大约过了两个钟头，伊凡·斯捷潘诺维奇走出家门，瞧见前厅的窗台上放着伊凡·尼基契奇忘记拿走的制帽。

"这是谁的帽子？"他问谢辽日卡说。

"就是刚才您赶出去的那个可怜虫丢下的。"

"把它扔掉！干吗放在这儿？"

谢辽日卡拿起制帽，走到外面街上，把它扔在最烂的泥地里。

爸　爸

像荷兰青鱼那么细长的妈妈,走到书房里去找像甲虫那样又胖又圆的爸爸,在门外咳嗽一声。临到她走进去,就有个使女从爸爸膝头上跳下来,溜到门帘背后藏起来了。妈妈对这件事毫不介意,因为她早已看惯爸爸这种小小的弱点,用凡是了解文明的丈夫的聪明妻子所应有的观点来看待那些弱点了。

"我的小圆饼,"她在爸爸膝头上坐下,说,"我是来找你商量事情的,我的亲人。你把嘴唇擦干净,我要吻你。"

父 亲 集

爸爸眯巴着眼睛,用袖口擦嘴唇。

"你有什么事?"他问。

"是这么回事,小父亲。我们拿我们的儿子怎么办呢?"

"出什么事了?"

"你还不知道?我的上帝啊!你们这些做父亲的多么不关心呀。这真可怕!小圆饼,如果你不愿意……你不能做好丈夫,至少也总该做个好父亲嘛!"

"你那一套又来了。这种话我已经听过一千回了!"

爸爸做了个不耐烦的动作,妈妈差点从爸爸膝头上摔下来。

"你们这些男人都是这个样子,你们就是不爱听老实话。"

"你到底是来讲老实话的,还是讲儿子的?"

"算了,算了,我不说了。……小圆饼,我们的儿子又从学校里带回不好的分数来了。"

"哦,那又怎么样?"

"什么怎么样?要知道,那他就不能参加考试!他就不能升到四年级去了!"

"不升就不升。这也没什么大不了的。只要好好念书,在家里别淘气就行了。"

"可是要知道,小父亲,他都十五岁了!这么大岁数还能读三年级?你猜怎么着,那门可恶的算术又害他得了两分。……哎,这像什么样子?"

"应该揍他一顿,那就像样了!"

妈妈伸出小手指头去摸爸爸的肥嘴唇,她觉得自己在娇媚地皱起眉头。

"不行啊,小圆饼,你别跟我谈什么惩罚。……这不能怪我们的儿子。……这里头必是有人使坏。……我们的儿子,我们也用不着假谦虚,头脑挺聪明,不可能不懂这门愚蠢的算术。他全都懂,而且懂得很透,对这一点我是深信不疑的!"

"他是不懂装懂,就是这么的!他只要少淘点气,多念点书就成了。……你坐到椅子上去吧,我的小母亲。……我认为你坐在我的膝头上也不见得舒服呢。"

妈妈就从爸爸膝头上跳下来,她觉得自己迈着天鹅般的步子向圈椅那边走去。"上帝啊,多么没心肝!"她在圈椅上坐好,闭上眼睛,说,"是啊,你不喜欢儿子!我们的儿子这么好,这么聪明,这么漂亮。……那是人家使坏,使坏哟!不,他不应当留级,这我可不答应!"

"既然这个坏孩子学习差,你也只好随他去。……唉,你们这些做母亲的!……算了,你去吧,我在这儿还有点事……要办。……"

爸爸向桌子那边转过身去,低下头,凑近一张纸,同时像狗看菜碟似的,斜起眼睛看门帘。

"小父亲,我不走……我不走!我知道我惹得你厌烦了,不过你要忍耐一下。……小父亲,你务必到算术教员家里去一趟,叫他给我们的儿子批个好分数。……你应当对他说,我们的儿子很会做算术,不过他身体差,所以就不能使人人满意了。你得逼一逼那个教员才行。那么大个子还能再读三年级?你出把力吧,小圆饼!你猜怎么着,索菲雅·尼古拉耶芙娜认为我们的儿子挺像帕里斯①呢!"

"这话我听着倒挺光彩,可是我不去!我没有工夫去瞎胡闹。"

"不,你得去,小父亲!"

"我不去。……我说话算数。……是啊,你走吧,我的心肝。……喏,我这儿有件事要办。……"

"你得去!"

妈妈站起来,提高喉咙。

"我不去!"

"你得去!!"妈妈大叫一声,"要是你不去,要是你不肯怜惜你的独生子,那么……"妈妈尖声叫着,摆出

---

① 帕里斯,希腊叙事诗中特洛伊王披里安的儿子,诱拐斯巴达王麦尼劳斯的王后海伦,引起了特洛伊战争。

发狂的悲剧演员的架势,用手指着门帘。……爸爸顿时发窘,心慌意乱,没来由地哼起歌来,并且赶紧脱下身上的便服。……每逢妈妈对他指着门帘,他老是张口结舌,变成十足的呆子。他让步了。他们就把儿子叫来,要他讲一讲情况。儿子却生气了,皱起眉头,蹙起前额,说是关于算术,他懂得的甚至比老师还多,至于这个世界上只有女学生、富人家的子弟、马屁精才能得五分,那可不能怪他。他哇哇地哭着,把算术教员的住址详详细细说了一遍。爸爸就刮好胡子,拿起梳子理好秃顶上几根头发,打扮得很体面,动身去"怜惜他们的独生子"了。

按照大多数做父亲的惯例,他不经通报就闯进算术教员家里。照这样不经通报而直闯进去,什么事不能看见,什么话不能听见啊!他正好听见教员对他妻子说:"我为你花的钱可真太多了,阿莉雅德娜!……你那些任性的要求,简直没完没了!"他还看见教员太太扑过去,搂住教员的脖子,说道:"你原谅我吧!我倒没为你破费什么,不过我挺看重你呢!"爸爸发现教员太太好看得很,如果她穿戴整齐,倒不会这么迷人了。

"你们好!"他说着,满不在乎地走到那对夫妇跟前,停住脚,把两个鞋后跟碰一下,行了个礼。教员一时间愣住了,教员太太涨红脸,一溜烟跑到隔壁房间里去了。

"对不起,"爸爸含笑开口说,"我,也许,那个……多多少少打搅您了。……这我很明白。……您身体好吗?我荣幸地介绍一下我自己。……您看得明白,我不是庸庸碌碌的人。……好歹也算是个老军官呢。……哈哈哈!不过您也不用心慌!"

教员先生为顾全礼貌,脸上勉强笑一下,用手指指椅子。爸爸猛地转过身去,在椅子上坐下。

"我,"他接着说,掏出金怀表来让教员先生开开眼,"我是来找您谈谈的。……嗯,是啊。……您,当然,会原谅我。……要我文绉绉地讲话,我不在

父 亲 集

行。……我们这班人,您知道,都是无学不术①。哈哈哈。您念过大学吧?"

"是的,念过。"

"原来是这样!……嗯,是啊。……今天天气可真暖和啊。……您,伊凡·费多雷奇,给我那小儿子批了个两分。……嗯……是啊。……不过这也没什么,您知道。……不管是谁,该得什么就得什么。……该给甜头就给点甜头,该给苦头就给点苦头。……嘻嘻嘻!……不过,您要知道,这种事总还是叫人不痛快。难道我儿子不懂算术吗?"

"该怎么跟您说呢?倒不是他不懂,不过,您知道,他不用心。是的,他学得很差。"

"可是为什么他学得差呢?"

教员睁大眼睛。

"什么叫为什么?"他说,"因为他学得差,不用

① 应是"不学无术"。

心呗。"

"得了吧,伊凡·费多雷奇!我的儿子用功得很。我自己都陪着他温课呢。……他天天熬夜。……他样样都懂得透。……哦,有的时候他不免淘气。……不过话说回来,这毕竟是因为年轻。……咱们谁没年轻过呢?我没打搅您吧?"

"好说,您这是哪儿的话?……我甚至很感激您呢。……你们这些做父亲的,都是我们教师的贵客。……另一方面,这又表明你们十分信任我们。归根到底,顶要紧的就是信任。"

"当然了。……顶要紧的就是我们不要干预这种事。……那么我儿子不能升到四年级了?"

"是的。要知道,他全年总评,不光是算术这一门课得两分。"

"那我也不妨到别的教员那儿去一趟。哦,关于算术怎么办呢?嘻嘻嘻!……您能改一下吗?"

"我办不到,先生!"教员微微一笑,"我办不到!……我一直希望您儿子升级,我用尽了力气,可是您儿子不用心,还说顶撞人的话。……有好几次我跟他闹得很僵。"

"年轻嘛!有什么办法呢?您就给他改成三分算了。"

"我办不到!"

"何必呢,这都是小事嘛!……您跟我说什么呀?倒好像我不知道什么事能办,什么事不能办似的。这是能办的,伊凡·费多雷奇!"

"我办不到!别的得两分的学生会怎么说呢!这种事不管怎样改动,都不公道。真的,我办不到!"

爸爸挤了挤眼睛。

"可以办到的,伊凡·费多雷奇!我们不要多谈了!这又不是那种要说三个钟头废话的事。……请您告诉我,依您看来,依有学问的人看来,怎么才算公道呢?话说回来,你们的公道是怎么回事,我们可是心里有数的。嘻嘻嘻!您干脆说出来好了,伊凡·费多雷奇,不用转弯抹角了。说实在的,您是故意给他批两分的。……这哪里谈得上什么公道呢?"

教员瞪大眼睛,可是……到此为止,没有下文了。他为什么不生气呢?对我来说,这就永远是教员内心的秘密了。

"您是故意的,"爸爸接着说,"您等着客人上门呢。哈哈,嘻嘻!……那有什么不行的?就按您的意思办吧!……我同意。……该给甜头就给甜头嘛。……您要明白,我懂得在外头工作是怎么回事。……不管您怎么进步,可是……您知道,话说回来……嗯,是啊……旧风气总还是比什么都好,有益得多。……我呢,很高兴尽我的力量表一表我的心意。"

爸爸呼哧呼哧地喘气,从衣袋里取出钱夹来,抽出一张二十五卢布钞票,递到教员的手心里。

"请收下,先生!"

教员涨红脸,往后退缩,可是……到此为止了。为什么他不对爸爸指着房门,把他撵走呢?对我来说,这就永远是教员内心的秘密了。……

"您,"爸爸接着说,"也不用难为情。……说实在的,我全懂。……嘴里说不要,心里就一定要。……如今这年月,还有谁不要呢?不要,老兄,是不可能的事。……也许,这种事您还没干惯吧?请赏脸收下!"

"不,请看在上帝面上……"

"嫌少吗?哎,再多我却给不起了。……您收下吧!"

"求上帝怜恤吧,别这样!……"

"那就随您了。……不过呢,您务必把两分改一下!……倒不是我死乞白赖要求您,而是他母亲要这样。……她都急哭了,您要知道。……她害了心动过速症,另外还有别的病。"

"我十分同情尊夫人,可是我办不到。"

"要是我儿子不能升到四年级,那……会闹出什么事来?……嗯,是啊。……不,您就让他升级吧!"

"我倒高兴这样办,然而我办不到。…… 您抽烟吗?"

"多谢多谢①。……让他升级不碍事。……那么,您是几等文官②?"

"九等。……不过,论职位,我却是八等文官。嗯!……"

"哦。……那么,我跟您就算说妥了。……咱们一言为定,啊?行了吧?嘻嘻!……"

"我办不到,先生。您就是打死我,我也办不到!"

爸爸略微沉吟一下,想了想,然后又向教员先生进攻。这次进攻延续很久。教员不得不把他那句永不更改的话"我办不到"反复说上二十次。最后,爸爸惹得教员厌烦,弄得他难受极了。爸爸开始凑上去吻教员,又要求教员出题考他的算术,还讲了几个淫秽的故事,态度放肆起来。这招得教员恶心了。

"万尼亚,现在你该出门了!"教员太太在另一个

---

① 原文为法语的俄语读音。
② 在帝俄时代,中学教员是文官。

房间里叫一声。爸爸明白这是什么意思,就用宽阔的身体堵住门口,拦住教员先生的去路。教员筋疲力尽,开始唉声叹气。最后,他觉得想出一个绝妙的主意来了。

"这么办吧,"他对爸爸说,"只有等到我的同事们都在所教的课程方面把您儿子的分数改成三分,我才能改他的全年总评分数。"

"这可是真话?"

"是的,要是他们改了,我就也改。"

"那就一言为定!咱们来握握手!您可真是个好极了的人!那我就告诉他们说,您已经把分数改了。'大姑娘要嫁小伙子了!'我得请您喝一瓶香槟酒。不过,我什么时候能在他们家里找到他们呢?"

"现在去就成。"

"好,那么咱们,不用说,已经算是朋友了吧?往后您能到我家里去随意谈谈,坐上个把钟头吗?"

"遵命。祝您健康!"

"再见!① 嘻嘻嘻嘻!……啊,年轻人啊,年轻人!再见吧!……不消说,应该替您问候您那些同事先生吧?我一定转达就是。您也替我向您的太太敬意②。……您一定要来啊!"

爸爸把两个鞋后跟一碰,行了个礼,戴上帽子,一转眼就不见了。

"这个人挺不错,"教员先生瞧着走出去的爸爸后影,暗自想道,"这个人挺不错!他心里想什么,嘴里就说什么。他又单纯又善良,这是看得出来的。……我就喜欢这样的人。"

当天傍晚,妈妈又坐在爸爸膝头上了(不过她走后,那个使女就坐上去了)。爸爸对她保证说,"我们的儿子"一定会升级,又说要降伏有学问的人,与其用金钱去打动他的心,还不如先和颜悦色地笼络他,再彬彬有礼地步步进逼,掐住他的脖子不放。

---

① 原文为法语的俄语读音。
② 应是"致意"或"致敬"。

识别上方二维码

免费收听契诃夫小说精彩片段